AF280583

Petra Weise

Marie und das vergessene Kind

Roman

Bibliografische Information der Deutschen Nationalbibliothek
Die Deutsche Nationalbibliothek verzeichnet diese Publikation in der Deutschen
Nationalbibliografie; detaillierte bibliografische Daten sind im Internet über
http://dnb.dnb.de abrufbar

Titelbild: Petra Weise
Verlag: BoD · Books on Demand GmbH, In de Tarpen 42, 22848 Norderstedt
Druck: Libri Plureos GmbH, Friedensallee 273, 22763 Hamburg

ISBN 978-3-7693-2029-9

\-

*Kinder lieben zunächst ihre Eltern blind,
später fangen sie an, diese zu beurteilen,
manchmal verzeihen sie ihnen sogar.*

Oscar Wilde

*In Kindern erlebt man
sein eigenes Leben noch einmal,
und erst jetzt versteht man es ganz.*

Kiergegaard

Inhalt

Marie

Ich schiebe die Decke zurück. Sie ist nass wie mein Nachthemd, das am Körper klebt. Bei dieser Hitze kann ich nicht schlafen. Neben mir schnarcht und schnauft Timur wie ein Wasserbüffel. Normalerweise mag ich seine Schlafgeräusche, doch das laute Schnaufen nervt. Timur mag es nicht, wenn das Fenster über Nacht offen bleibt, weil ihn am Morgen das Vogelgezwitscher stört. Ich mag es nicht, weil ich Angst vor Einbrechern habe, denn wir wohnen im Erdgeschoss. Doch wenn nachts die Temperatur nicht unter zwanzig Grad sinkt, ist es mir zu stickig.

Ich brauche Luft! Wir befinden uns mitten in den Hundstagen, wie die heißen Tage zwischen dem 23. Juli und 23. August genannt werden. In dieser Zeit steht die Sonne in der Nähe des Sirius, dem Hundsstern. Mich interessiert nicht, wie diese Tage genannt werden, ich will nur endlich nicht mehr schwitzen.

Hier im warmen Bett halte ich es nicht mehr aus. Ich schwinge meine Beine auf den Boden, schlüpfe in die Hauspantoffel und gehe ins Bad. Ich hätte ein frisches Nachthemd mitnehmen sollen. Doch die Schranktür knarrt und hätte Timur geweckt. Und der hätte mir unzählige Fragen gestellt wie: Was machst du da? Wie spät ist es? Musst du um diese Zeit durchs Haus geistern? Kannst du nicht einfach schlafen wie andere Leute auch? Willst du

was trinken?; und viele unsinnige Dinge mehr.
Trinken ist eine gute Idee. Doch das Glas Wasser ist leer, kaum, dass ich es angesetzt habe. Ein Martini mit viel Eis wäre besser, doch ich fürchte, dass ich es ebenso schnell hinunter kippe wie das Wasser und mir vom Alkohol schummrig wird. Doch vielleicht könnte ich danach schlafen. Andererseits schwitzt man vom Trinken nur noch mehr. Ich öffne das Küchenfenster und lehne mich hinaus in die Nacht. Viel bringt das nicht, weil die Luft viel zu warm ist. Das Zimmerthermometer zeigt 27,2 Grad an, draußen 23 Grad. Furchtbar!
Mich lähmt die Hitze, weshalb ich den ganzen Tag nichts zustande brachte, nur vor mich hin döste.

Ich liege wieder im Bett und finde keinen Schlaf. Timur schnarcht noch immer. Warum musste er auch gestern so viel Bier trinken? Wir besuchten am Abend das Chemnitzer Bierfest, bei dem vierzig Brauereien hundert Biersorten anbieten. Ich wusste gar nicht, dass es so viele verschiedene Biere gibt. Außerdem schmeckt mir Bier nicht, nur dunkles wie das Köstritzer Schwarzbier, das leicht malzig ist. Mir reichte ein einziges Bier zur Bratwurst, doch Timur musste gleich sechs Sorten probieren. Kaum daheim zog er seine Jeans aus, ließ sie auf den Boden fallen, sank ins Bett und schlief sofort ein.
Timur träumt nicht. Zumindest behauptet er das.

bin immer leise und war von diesem Tag an noch viel leiser als zuvor. Dass Opa tot war, fand ich nicht so schlimm. Er hatte immer gesagt, dass er alt ist und bald sterben muss. Ich wusste also Bescheid. Doch ich wusste nicht, dass auch ich eines Tages sterben werde. Es ist mir nie in den Sinn gekommen. Von diesem Tag an hatte ich Angst vor dem Einschlafen, weil ich mir nicht sicher war, ob ich am nächsten Morgen wieder wach werde. Bis heute verfolgt mich diese Angst, obwohl ich inzwischen weiß, dass dies albern ist und nichts an der Tatsache ändert, dass tatsächlich jeder Mensch einmal sterben muss.

Ich war ein stilles Kind und ertrug den Lärm in der Schule nicht. In den Pausen verkroch ich mich auf der Toilette, um dem Geschrei der Schüler zu entfliehen. Jeden noch so kleinen Streit empfand ich als Katastrophe, vor allem, wenn daheim die Eltern laut wurden, sich gegenseitig anschrien oder mich ausschimpften. Ich sprach nicht gern, ich hörte lieber zu. So ging ich jedem Streit aus dem Weg. Trotzdem wusste jeder, dass ich zu allem eine Meinung hatte und schwer zu beeinflussen war. Das ist noch heute so. Ich schrieb damals alle meine Gedanken und Gefühle in ein Heft. Ein Wort ist schnell gesprochen und dann für alle Zeit verschwunden. Doch meine Notizen bleiben erhalten und können immer wieder gelesen und sogar korrigiert werden, denn manchmal ändere ich meine Meinung, obwohl ich überhaupt nicht wankelmütig bin.

Als Kind spielte ich gern Federball, doch nie mit meinem Bruder. Der war Mitglied in einem Federballsportklub im Dorf. Dort lernte er das Zuspiel nicht. Er schlug die Bälle derart hart und immer so, dass ich sie mit meinem Schläger nicht erreichte. Mit Absicht. Das machte keinen Spaß.

Aus Langeweile lernte ich, Akkordeon zu spielen und schloss mich dem Ortsorchester an. Doch die Freude hielt nicht lange, weil das Instrument entsetzlich schwer, sperrig und unhandlich ist. Außerdem furchtbar laut.

Mein Vater spielte Posaune im Posaunenchor der Kirche. Ich mag den sanften Klang dieses Instruments. Dagegen ertrug ich das laute aufdringliche Scheppern der Trompete, die mein Bruder spielte, überhaupt nicht. Auch nicht die hohe Stimme meiner Mutter, die im Kirchenchor und leider auch daheim sang. Die Leute loben ihre schöne Stimme, doch bei mir verursachen hohe Töne nach wie vor Kopfschmerzen.

Jeden Sonntag gingen meine Eltern in die Kirche, obwohl sie keinem Glauben angehören. Sie mögen nur die Musik, das Singen und Musizieren miteinander. Das kam mir immer falsch vor.

Ich war gern allein. Am liebsten lief ich übers Feld hinüber zum Wald, wo ich einen einsamen Platz kannte. Hier fand mich niemand. Hier hatte ich meine Ruhe.

Noch lieber besuchte ich meine Oma in Chemnitz. In der Stadt gab es zwar lauten Verkehr, aber der störte mich seltsamerweise nicht. Ich bummelte gern ziellos durch die Straßen und beobachtete die Menschen. Hier kannte mich niemand. Hier war ich mutig.

Hier lernte ich Timur kennen.

Timur

Er saß mir eines Tages in der Straßenbahn gegenüber. Fasziniert betrachtete ich sein Gesicht, das so fremd wirkte mit den dichten schwarzen Augenbrauen und sehr dunklen, mandelförmigen kleinen Augen. Diese Augen erinnerten mich an Mongolen. Ich hatte viele Bücher über die Mongolei gelesen, ihre Menschen und Traditionen. Noch lieber mochte ich die Geschichten von Tschingis Aitmatow, der seine kirgisische Heimat beschreibt, die Traditionen und die Menschen, die so anders sind als die Menschen in meinem Umfeld. In der Schule hatten wir gelernt, dass die Frage nach der Herkunft eines offensichtlich Fremden rassistisch sei und diesen Menschen verletzt. Ich glaube das nicht. Für mich zeigt solch eine Frage Interesse und ich bin davon überzeugt, dass derjenige sehr gern über sich und sein Anderssein spricht.

Eine Weile zögerte ich, doch schließlich fragte ich: „Woher kommst du?"

„Aus der Uni", antwortete er lächelnd.

Blöde Antwort, dachte ich.

„Wo bist du geboren?", hakte ich nach.

Wieder lächelte er.

„Öskemen."

Öskemen, das klang türkisch, vielleicht auch ungarisch.

„Muss man dir jedes Wort aus der Nase ziehen?", fragte ich verärgert. „Wo liegt der Ort? In welchem Land?"

„Kasachstan."

Kasachstan liegt direkt neben Kirgisien, meinem absoluten Lieblingsland, das ich allerdings gar nicht kenne, weil ich noch niemals dort war und nur Bücher darüber gelesen habe.

„Kennst du Aitmatov?"

„Nicht persönlich."

Ich lachte, obwohl mich seine Antwort ärgerte. Vermutlich wollte sich der Typ nicht mit mir unterhalten. Aber ich mich mit ihm. Ungefragt erzählte ich ihm, dass ich Lena heiße, was die Leuchtende bedeutet.

„Schöner Name."

„Alle Welt heißt Lena", gab ich genervt zurück und schaute ihn herausfordernd an. „Kannst du auch in ganzen Sätzen sprechen?"

„Lena also." Er lächelte. „In Sibirien gibt es einen riesigen Strom, der Lena heißt. Er ist viertausendfünfhundert Kilometer lang und an manchen Stellen zehn Kilometer breit."

Das wollte ich zwar nicht wissen, aber es war besser, etwas über einen fremden Fluss zu hören als gar nichts. Ich erfuhr, dass er Timur heißt und Maschinenbau studiert.

„Ich bin sechzehn Jahre alt. Und du?"

„Neunzehn."

„Kennst du dich in Chemnitz aus?"

Er nickte.

„Wunderbar! Dann kannst du mir die Stadt zeigen", bestimmte ich und war überrascht, dass er dazu sofort bereit war.

Ich bummelte zwar gern durch Chemnitz, wenn ich Oma besuchte, doch ich saß lieber auf irgendeiner Parkbank und beobachtete die Menschen. An den Gebäuden war ich nicht interessiert. Mit Timur an meiner Seite war das anders. Da gefiel mir sogar das hässliche Hotelhochhaus in der Stadtmitte. Timur zeigte mir den riesigen Nischel, der das Wahrzeichen der Stadt ist und den Kopf von Karl Marx darstellt. Dorthin wird jeder Tourist geschleppt, um zu staunen und Fotos zu machen.

„Was ist das für ein fürchterliches Gebäude dahinter?"

„Das Landesamt für Steuern und Finanzen. Das passt zu Marx, nicht wahr?"

„Wieso das?"

„Nun, er war ein Parasit und lebte auf Kosten seines Freundes und der Familie seiner Frau."

Das wusste ich nicht und ist mir auch gleichgültig. Dann liefen wir weiter zum Opernhaus und umrundeten den Schlossteich, wo wir die Schwäne und Enten auf dem Wasser beobachteten. Schließlich spendierte er mir ein Eis im Milchhäuschen, einem zauberhaften Café direkt am See. Niemals zuvor hat mir die Stadt so gut gefallen. Und ich war ganz hingerissen von Timur.

„Hat dich meine Frage nach deiner Herkunft gekränkt?"

„Wie kommst du darauf?"

„Wir haben in der Schule gelernt, dass solch eine Frage rassistisch ist, weil sich derjenige gegen seinen Willen rechtfertigen muss, warum er hier zwischen all den Weißen ist."

Timur schaute mich fassungslos an und schüttelte den Kopf.

„Nein, mir gefällt es, wenn sich jemand für meine Herkunft interessiert."

„Wie ich!", rief ich erleichtert aus. „Wenn du nicht so anders aussehen würdest, hätte ich dich gar nicht angesprochen." Erleichtert seufzte ich und lachte ihn an. „Wir müssen uns *unbedingt* wiedersehen", sagte ich zum Abschied. „Morgen um drei am Milchhäuschen?"

Timur lächelte und ich hätte ihn am liebsten geküsst. Doch so etwas tut ein Mädchen nicht.

Timur wurde in Kasachstan geboren. Das Land ist siebeneinhalb Mal so groß wie Deutschland. Bis 1990 lebten etwa eine Million Deutsche in Kasachstan, meist im Norden zwischen Astana und Ust-Kamenogorsk. Den kasachischen Namen Öskemen nahm die Stadt erst 1993 an. Heute gibt es kaum mehr als 180.000 Deutsche. Mehr als die Hälfte des Landes besteht aus Steppen und Wüsten, aber es gibt auch hohe Berge, dessen Gipfel bis zu 7.000 Meter hoch ragen.

Timurs Vater ist Russe, seine Mutter Kasachin, die einen deutschen Vater hat: den blonden Hans. Er war Kriegsgefangener im Straflager Ust-Kamenogorsk, aus dem er ein Jahr nach Stalins Tod entlassen wurde. Doch es gab keine Möglichkeit, in seine Heimat zurückzukehren. Er lungerte anfangs in der Stadt herum, fand aber recht schnell eine Arbeit, denn die Gegend war ein Zentrum der Metall- und Bergbauindustrie, besonders für Blei, Zink und andere Metalle. Die Sowjetregierung förderte die Industrialisierung, sodass viele Menschen in Fabriken und Minen arbeiteten.

Hans lernte Gulzhan kennen. Ihr Name bedeutet Blume des Lebens, was er für ein gutes Omen hielt. Gulzhan wurde schwanger und bekam eine Tochter, die sie Aida nannte. Aida bedeutet Rückkehrer, denn Gulzhan glaubte, Hans wolle in seine

Heimat zurückkehren. Kurz darauf erlaubte ihm das Andenauer-Dekret die Heimreise, doch nur ihm, nicht Gulzhan und der gemeinsamen Tochter. Also blieb Hans im Altai. Die kleine Familie bekam ein Zimmer in einer Kommunalka. Das bedeutet, dass in jeder Wohnung mehrere Familien lebten, die jeweils nur ein Zimmer hatten, in dem sie wohnten und schliefen. Küche und Bad mussten sie sich mit den anderen Familien teilen, was oft zu Streit führte. Und doch waren sie weit besser dran als die vielen tausend Deportierten, die ihre Häuser in ihrer Heimat verlassen und in der Fremde neu anfangen mussten. Es heißt, in Kasachstan gab es an die hundertdreißig verschiedene ethnische Gruppen, die völlig ungewohnten klimatischen Bedingungen ausgesetzt waren und den ersten kalten Winter nicht überlebten. Im Sommer kann es vierzig Grad heiß werden und im Winter vierzig Grad minus. Auf Grund der gezielten Besiedlung durch Russen und Ukrainer waren nur noch dreißig Prozent der Menschen kasachischer Herkunft.

Bald wurde die zweite Tochter geboren: Nazira, was seltene Schönheit bedeutet, denn sie hatte die helle Haut ihres Vaters und die mandelförmigen Augen der Mutter. Naziras Haare schimmerten in einem hellen Braun, das an Milchschokolade erinnert.

Als Nazira erwachsen war, heiratete sie den Russen Viktor. Seine Eltern arbeiteten früher im Straflager für deutsche Kriegsgefangene des Zweiten Weltkrieges. Als es während der Perestroika zu öffentlicher Kritik an der Politik und zu Unruhen kam, half Viktor bei den Sicherheitskräften, die Demonstrationen zu zerschlagen. Er prahlte mit der Bedeutung seines Namens: Sieger. „Dummkopf!", beschimpften ihn die Nachbarn und warfen mit Steinen nach ihm.

Nazira hatte es doppelt schwer, denn sie war nicht nur mit einem Russen verheiratet, sondern nur zur Hälfte Kasachin, die andere Hälfte war deutsch. So wurde sie von den Kasachen, den Russen und den Deutschen nur Tschuschoi (Fremde) genannt.

Im Jahr 1991 hielt die Familie den Streit zwischen den ethnischen Gruppen nicht mehr aus und reiste mit ihren drei Söhnen nach Deutschland aus. Timur ist der mittlere Sohn.

Opa Hans blieb mit seiner Frau Gulzhan in Ust Kamenogorsk, Tochter Aida lebt mit ihrer Familie auf dem Land in einem eigenen Häuschen und Viktors Eltern zogen nach Omsk, einer russischen Großstadt in Sibirien mit mehr als einer Million Einwohner.

Timur war vier Jahre alt, als er nach Chemnitz kam. Sein Name bedeutet Eisen, sein älterer Bruder heißt Bolat, was Stahl bedeutet, der jüngste heißt Serik (freundlich). Serik ist körperlich und geistig behindert und braucht rund um die Uhr Betreuung, was in Kasachstan eine Unterbringung in einem Sonderheim nötig gemacht hätte. Doch die Heime waren rettungslos überfüllt, weshalb sie Serik bei der Ausreise mitnehmen mussten.

Mussten! So haben sie es mir später erzählt. Vielleicht hätten ihn seine Eltern auch im Land gelassen, wenn dies möglich gewesen wäre. Ich habe nie gefragt.

Als Timur sechzehn Jahre alt war, wurde er aufgefordert, sich einen Personalausweis ausstellen zu lassen. Doch Timur wollte keinen deutschen Pass. Er sagte, er ist seit seiner Geburt Kasache und bleibt es, gleichgültig, wo auf dieser Welt er lebt. Also beantragte er bei der Botschaft der Republik Kasachstan einen kasachischen Reisepass und einen Personalausweis (Udostoverenie Lichnosti). Viele Wochen später teilte man ihm mit, dass seine Eltern bei ihrer Einbürgerung in Deutschland 1991 die deutsche Staatsangehörigkeit erhielten und ihre drei minderjährigen Kinder automatisch mit eingebürgert wurden, da sie im selben Haushalt lebten und die Eltern das Sorgerecht hatten. Timur hatte also seine kasachische Staatszugehörigkeit für immer verloren. Eine Entlassung aus der deutschen Staatsbürgerschaft wäre nur möglich, wenn er die kasachische oder russische noch besessen hätte.

In seinem Ausweis steht bei Nationalität: deutsch,

obwohl dies nicht stimmt. Timur will seine Nationalität nicht leugnen, hat aber keine Chance, dies korrigieren zu lassen. Immerhin darf er ohne Visum nach Kasachstan reisen, am günstigsten über Istanbul.

Kasachen sind normalerweise Moslems, Timur und seine Eltern nicht. Sie ordneten sich keiner Glaubensgemeinschaft unter.
Öskemen ist der kasachische Name, den die Stadt erst seit 1993 gleichwert neben dem ursprünglich russischen Ust-Kamenogorsk trägt. Sie liegt so weit im Osten, dass es bis China nicht mehr weit ist. Timurs Eltern unterrichteten an der dortigen Universität und konnten nach ihrer Übersiedlung nach Chemnitz sofort an der TU als Dozenten arbeiten, da ihr Fachgebiet Maschinenbau ist. Damit hatten sie doppeltes Glück, denn normalerweise werden Ausbildungen der ehemaligen Sowjetunion in Deutschland nicht anerkannt, aber so kurz nach der Wende herrschte ein großes Durcheinander, weil kaum jemand wusste, was erlaubt ist und was nicht.
Bereits im 19. Jahrhundert war Chemnitz Heimat vieler Maschinenbauunternehmen und ist auch heute ein wichtiges Zentrum für Maschinenbau und verwandte Industrien. Es gibt Institute und die Technische Universität, die bekannt für Forschung und Lehre im Maschinenbau sind.

Auch Timur hat Maschinenbau studiert. Obwohl er in Deutschland aufwuchs und akzentfrei Deutsch spricht, sind seine Freunde vor allem Russen und Kasachen. Sie heiraten meist innerhalb der Gruppe.
Timur ist eine Ausnahme, weil er mich heiratete.

Er lädt seine Freunde oft zu uns nach Hause ein. Dann geht es sehr laut zu, was mir gar nicht gefällt. Muss man beim Lachen laut grölen? Kann man sich nicht leise freuen? Ich habe keine Lust, die lärmende Truppe zu bedienen und mag auch nicht mit ihnen feiern.
„Was hast du gegen meine Freunde?“
„Nichts. Sie sind mir nur zu laut.“
„Wenn dich Fröhlichkeit stört, bist du nicht normal“, wirft mir Timur vor. „Du hast ja nicht einmal Freunde, weil irgendwas mit dir nicht stimmt.“
Es stimmt, dass ich keine engen Freunde habe, nur lockere Bekanntschaften in der Nachbarschaft. Doch die geben mir nichts, weil die meisten Leute eher verschwiegen sind. Da weiß man nie, woran man ist. Auch Timur redet nicht über seine Gefühle und Gedanken, weil die seiner Meinung nach niemandem etwas angehen, auch mich nicht.
„Weil ich keine Freunde nötig habe“, gebe ich gekränkt zurück. „Ich weiß, was ich weiß und bin mir selbst genug. Dafür bin ich im Gegensatz zu den meisten Leuten ehrlich und sage, was mich bewegt

und frage, wenn ich etwas wissen will. Auch, wenn es mich angeblich nichts angeht.“

„Du wirst noch einmal Ärger kriegen, weil du keinen Unterschied machst, mit wem du sprichst“, befürchtet Timur.

Im Grunde hat er Recht. Ich sollte nicht mit jedermann so offen sein, weil heute alles politisiert wird. Gleichgültig, was man sagt, man wird sofort in eine politische Ecke gedrängt. Vor allem soll man sich deutlich gegen Rechts positionieren. Doch ich will nicht wollen, was andere wollen, das ich zu wollen habe. Ich weiß genau, was ich will. Ich kann es nur nicht immer sagen, weil ich oft viel zu lange nach dem passenden Wort suche. Wenn ich es gefunden habe, ist die Unterhaltung längst beim nächsten Thema und mein Wort passt nicht mehr. Daher bin ich oft nur Zuhörer. Das ist aber nicht schlimm, denn ich stehe sowieso nicht gern im Mittelpunkt.

Viele Freunde habe ich nicht, weil ich nur selten über Späße lachen kann, die ich meisten peinlich finde. Ich mag keinen Sarkasmus, keinen Spott und keinen schwarzen Humor, da allen dreien die Achtung fehlt.

*****

Gestern hat Timur seine alten Spielzeugautos auf der Straße zum Kauf angeboten. Das ärgert mich, denn normalerweise stellt jeder Nachbar alles, was er nicht mehr braucht, in den Hausflur neben ein Schild *Zu verschenken.* Doch Timur hat nichts zu verschenken, er will seine alten Autos *verkaufen,* zu Geld machen. Die große Feuerwehr, die Lok, den Bagger, den LKW und das Puppenhaus unserer Tochter, den Kaufladen und vieles mehr hätten sicher einige Nachbarn gern für ihre Enkel gehabt.

„Können sie haben, müssen nur blechen.“

Blechen. Damit meint er bezahlen. Die Autos sind alle aus Blech. Vielleicht will das heute niemand mehr. Heute mögen die jüngeren Eltern Spielzeug aus Plastik oder Holz. Hier im Haus lebt ein junger Mann mit einer kleinen Tochter, die ihn an jedem zweiten Wochenende besucht. Doch die Kleine wollte das Puppenhaus nicht, auch nicht den Kaufladen. Sie spielt lieber mit dem Handy, obwohl sie erst vier Jahre alt ist. Die anderen drei Paare im Haus sind Rentner und haben Enkel, alles Jungs zwischen zwei und zehn Jahren, die kein Puppenhaus brauchen, aber vielleicht Autos aus Blech.

Ein anderer Nachbar will seine Wein- und Likörvorräte loswerden. Er zieht um und mag nicht alles, was sich während der letzten Jahre ansammelte, mitschleppen. Ich wähle zwei Flaschen Wein und einen Glühwein. Doch als ich ihn öffnen will, merke ich, dass der nur bis Mitte 2019 haltbar war. Wie kann man so etwas anbieten?

Marie

Ich habe keine Ahnung, womit Kinder heutzutage spielen, denn wir haben keine Enkel. Unsere Tochter ist siebzehn Jahre alt. Als ich mit Marie schwanger war, war ich so alt wie sie heute. Siebzehn. Ich ging noch zur Schule. Die Schwangerschaft merkte ich erst, als es für einen Abbruch zu spät war. Trotzdem drängten meine Eltern auf eine Abtreibung. Auch Timur wollte noch kein Kind. Er wollte ohne Stress fertig studieren und danach die Welt bereisen. Ohne mich.

„Du machst mich zum Gespött der ganzen Schule", klagte Mutter, die im Ort eine beliebte Lehrerin ist.

„Und des ganzen Dorfes", ergänzte Vater. „Du bist minderjährig und wirst tun, was wir für richtig halten."

„Wenn das Kind da ist, bin ich achtzehn und ihr habt mir gar nichts mehr zu sagen."

„Werde nicht frech! Noch bist du siebzehn."

„Wir leben nicht mehr in der Steinzeit", gab ich trotzig zurück.

Mutter holte aus und versetzte mir eine schallende Ohrfeige. Sie hatte mich zuvor noch nie geschlagen und ich schaute sie entsetzt an. Doch ihr Gesicht blieb kalt, während meins wie Feuer brannte.

„Ab sofort bleibst du im Haus! Ich melde dich krank und vereinbare einen Termin beim Frauenarzt in der Stadt, wo uns niemand kennt."

„Warum? Ich bin nicht krank! Ich bin nur schwanger."

„Halt den Mund! Jetzt und überhaupt! Von deiner Verfehlung erfährt niemand auch nur ein Sterbenswort. Hast du mich verstanden?"

Verfehlung nannte Mutter meinen Kummer. So unerbittlich hatte ich sie noch nie erlebt und war bis ins Mark getroffen. Was sollte ich nur tun? Ich durfte mich niemandem anvertrauen und fühlte mich schrecklich allein gelassen. Meine Eltern sahen nur den einen Ausweg: die Abtreibung. Auch ich wollte das Kind nicht. Ich stand unter Schock und sehnte mich nach Trost, nach dem Versprechen, dass alles gut wird. Doch keiner nahm mich in den Arm. Ganz im Gegenteil. Von allen Seiten prasselten Fragen auf mich ein. Ich fühlte mich entsetzlich.

„Mit wem hast du dich eingelassen? Mit dem Sohn vom Musiklehrer?", fragte Vater streng.

Trotzig zischte ich: „Mit keinem aus dem Kuhdorf."

„Dachte ich´s mir!", wusste Mutter. „Der Halunke ist aus Chemnitz. Deshalb fährst du in die Stadt, um dich herumzutreiben, während du uns glauben lässt, du bist bei Oma."

„Wie heißt der Bursche? Kennen wir ihn?", schrie Vater aufgebracht.

Ich schüttelte den Kopf, denn Timur war noch nie bei mir daheim.

„Timur studiert …“

„Timur?“ Mutter lachte spöttisch. „Timur und sein Trupp.“

Ich hatte keine Ahnung, was sie meint. Erst viel später erfuhr ich, dass sie sich auf ein Buch eines russischen Autors bezog, das in den DDR-Schulen zur Pflichtliteratur gehörte.

„Ein Russe also.“

„Nein. Timur ist Kasache.“

„Etwa ein Flüchtling?“

Vaters Gesicht wurde rot und die Adern an seinem Hals schwollen bedrohlich an.

„Timur ist kein Flüchtling. Er lebt seit …“

„Habe ich dich gefragt?“, schrie er und ich spürte eine Wolke Speichel in meinem Gesicht, wagte aber nicht, sie abzuwischen.

„Ihr wollt ja gar nichts wissen“, entgegnete ich wütend und weinte enttäuscht.

Ich begriff, dass mir meine Eltern nicht beistehen werden. Sie fürchteten das Gerede im Ort, wenn meine Schwangerschaft bekannt wird. Meine Angst interessierte sie nicht, auch nicht, dass es für eine normale Abtreibung längst zu spät war. Angeblich gibt es immer Mittel und Wege, eine Ausnahmegenehmigung zu erhalten.

Am nächsten Tag, als die Eltern zur Arbeit gingen und das Haus von außen abschlossen, packte ich meine Sachen in den Rucksack, kletterte aus dem Fenster und fuhr nach Chemnitz. Mein Tagebuch nahm ich mit, schrieb aber nie wieder etwas hinein. Ab sofort wollte ich keines meiner gedachten Worte jemals wieder hinunterzuschlucken, sondern frei aussprechen.

Oma hörte sich die ganze Geschichte an.
Dann umarmte sie mich, tätschelte mein Gesicht und meinte: „Wir kriegen das Würmchen schon groß."
Sicher informierte Oma meine Eltern, dass ich bei ihr wohnte, aber sie meldeten sich während meiner gesamten Schwangerschaft kein einziges Mal. Vermutlich waren sie froh, dass keiner ihrer Freunde von meinem „Verfehlung" erfuhr. Sie erzählten im Dorf, ich sei in Chemnitz auf einer Handelsschule. Mich kränkte es sehr, dass ihnen ihr guter Ruf wichtiger war als ich. Dabei hatte ich nichts Böses getan. Für mich waren meine Eltern böse, weil sie mir nicht helfen wollten. Ich fühlte mich verstoßen und weinte mich jede Nacht in den Schlaf.
Irgendwann sagte ich mir: „Wer mich nicht will, den will ich auch nicht."
So lernte ich mit der Zeit, meine Eltern aus meinem Kopf zu verbannen.
Immerhin hatte ich meine Oma, die sich liebevoll um mich kümmerte. Sie begleitete mich zu allen Gesprächen beim Arzt und der Schwangerenberatung. Und sie vermittelte mir eine Ausbildungsstelle zum Kaufmann für Bürokommunikation bei der

Envia, die nur zehn Fußminuten von Omas Wohnung entfernt lag. Das Lehrgeld betrug bereits im ersten Jahr achthundert Euro, wovon ich wunderbar leben und mir moderne Kleider kaufen konnte.

Sechs Wochen vor dem errechneten Geburtstermin durfte ich nicht mehr zur Schule und in den Betrieb. Ich saß daheim, langweilte mich und fühlte mich unbeweglich wie eine Tonne. Vom Nichtstun verging die Zeit nicht und irgend etwas zu tun hatte ich keine Lust. Außerdem war ich sauer auf Timur, der sich kaum meldete. Immer hatte er zu tun. Oft musste er lernen und noch öfter mit seinen Freunden ausgehen. Auch Oma traf sich häufig nach der Arbeit mit ihren Freundinnen. Nur ich hockte missmutig im Bett und hasste meinen furchtbar dicken Bauch. Warum hatte ich nicht auf meine Eltern gehört und abgetrieben? Was sollte ich mit einem Kind? Ich wollte ausgehen. Leben! Das war nun nicht mehr möglich. Ich weinte viel, obwohl das auch nichts mehr nützte.

Eines Tages spürte ich ein heftiges Ziehen im Unterleib und krümmte mich vor Schmerz. Ich zog mir die Decke über den Kopf und überlegte, was ich wohl gegessen hatte, das diesen Krampf verursachte. Die Krämpfe vergingen, kamen aber wieder und wurden heftiger. Ich bekam es mit der Angst zu tun und rief Timur an. Er ging nicht ans

Handy. Dann versuchte ich, Oma zu erreichen. Sie hob ab und ließ sich den Schmerz beschreiben.

„Kind, es geht los!"

„Was geht los?", wollte ich wissen.

„Die Geburt, Dummerchen."

Weshalb war ich nicht selbst darauf gekommen?

„Nimm deine Tasche, die wir für die Klinik gepackt haben und warte auf mich! In zwanzig Minuten bin ich da."

Es waren die längsten zwanzig Minuten meines Lebens, weil ich nicht wusste, was ich tun sollte. Der Schmerz im Bauch zerriss mich fast und ich hatte fürchterliche Angst. Dann ging alles recht schnell. Oma fuhr mich ins Krankenhaus, wo ich sofort in den Kreißsaal gebracht wurde. Die Wehen kamen in immer kürzeren Abständen und wurden heftiger. Ich hatte nur noch einen Wunsch: Es soll endlich vorbei sein. Noch einmal wollte ich auf keinen Fall ein Kind, denn die Schmerzen waren schier unerträglich. Als mir endlich meine kleine Marie auf den Bauch gelegt wurde, weinte ich. Vielleicht vor Erleichterung, dass diese Tortour endlich ausgelitten war oder aus Kummer, weil ich nun ein Kind hatte, mit dem ich eigentlich nichts anfangen konnte.

Nach zwei Tagen wurde ich entlassen. Oma hatte eine Woche Urlaub genommen, um mir während der ersten Tage zu helfen. Dann ging sie wieder in ihr Büro und ich saß mit Marie daheim und fühlte

mich elend und verlassen. Es gibt nichts Langweili-
geres, als den Tag mit einem Baby zu verbringen,
das nur schläft oder schreit oder nach vollen Windeln stinkt. Man kann nichts, aber auch gar nichts
mit ihm anfangen. Ich war ständig müde, aber das
Baby musste gestillt und gewickelt und nach Omas
Anweisung jeden Tag ausgefahren werden. Das
Anziehen des Stramplers und Jäckchens war anfangs eine elende Tortour, weil alles verrutschte
und ich Angst hatte, die winzigen Ärmchen und
Beinchen zu zerbrechen. Marie war zum Glück ein
ruhiges Baby, das viel schlief und mich wenig mit
Geschrei nervte. Ich gab ihr fast von Anfang an die
Flasche. Das war bequemer als die Sauerei mit
dem Stillen.

Hochzeit

Eine Woche nach Maries Geburt brachte Timur
seine Eltern mit, damit sie ihr Enkelkind kennenlernen. Ich mochte Nazira und Viktor sofort, war
aber sehr verlegen, weil ich nicht wusste, ob sie
mich ebenfalls mochten. Sie bestaunten Maries
braunen Haare und die dunklen mandelförmigen
Augen. Sie küssten das Baby und mich, sprachen
aber nur mit Oma. Und zwar über ein sehr wichtiges Fest.
Vierzig Tage nach Maries Geburt sollte ein tradi-

tionelles kasachisches Fest gefeiert werden, das sie Beshik Toi (Wiegenfest) nannten. Das Kind wird dann der gesamten Verwandtschaft und Freunden vorgestellt und erhält offiziell seinen Namen. Marija. So steht es auch in der Geburtsurkunde, weil es die russische Variante von Maria ist. Ich nenne sie Marie, Timur und seine Familie rufen sie Mascha oder Maschenka. Beides bedeutet *Die von Gott geliebte* und gleichzeitig *Die Widerspenstige.* Ein weiteres Ritual nennt sich *Kyrkynan shygaru,* das den Übergang des Babys in ein neues Lebensstadium symbolisiert. Dabei werden die ersten Haare und Fingernägel des Kindes geschnitten, um das Baby zu segnen und von negativen Einflüssen zu reinigen.

Ich hielt das alles für Blödsinn, doch ich wurde nicht gefragt. Nazira steckte mir Ohrringe an und sagte, das sei ihr Verlobungsgeschenk. So erfuhr ich quasi nebenbei, dass das Wiegenfest gleichzeitig unsere Hochzeit mit mehr als fünfzig Gästen ist. Sozusagen in einem Abwasch. Natürlich wollte ich Timur heiraten, doch nicht so.

Wir stiegen in Viktors bulligen Mercedes, der eher einem Geländewagen gleicht als einer Limousine. Nazira hielt Marie in eine Decke gewickelt auf dem Schoß. Ich wusste, dass Babys nur geschützt in einer Schale transportiert werden dürfen, aber das schien außer mir niemanden zu kümmern. Wir fuhren nach Gelenau, um bei meinen Eltern offiziell um meine Hand anzuhalten, was ich recht albern fand. Ich musste dabei sein, obwohl ich seit über einem Jahr nicht mehr bei meinen Eltern wohnte und den Kontakt komplett abgebrochen hatte. Meine Mutter hatte sich kein einziges Mal bei mir gemeldet. Plötzlich küsste und herzte sie mein Baby, von dem sie bis zu diesem Tag nichts hören und sehen wollte. Ich konnte mich nicht darüber freuen, weil ich ihr die Freude nicht glaubte. Mutter wollte mich nicht, als ich schwanger war. Sie wollte mein Kind nicht. Das werde ich ihr und Vater nie verzeihen. Sie wollten nichts von Timur wissen, weil er Ausländer war. Doch plötzlich unterhielten sie sich angeregt mit ihm. Ich weiß bis heute nicht, ob sie ihr Interesse nur spielten oder merkten, wie sympathisch er ist. Vermutlich galt dieses ganze Theater nur Timurs Eltern.

Sie luden meine Eltern ganz förmlich zur Hochzeit und zum Wiegenfest ein. Ich sagte nichts dazu und bat nur um meine Geburtsurkunde. In Deutschland zahlten früher die Brauteltern die Hochzeitskosten, bei den Russen und Kasachen übernahmen das die Eltern des Bräutigams. Doch heute ist es bei allen drei Nationen so, dass das Brautpaar die Kosten selbst trägt. Bei uns war das nicht möglich, da ich noch Lehrling war und Timur studierte. Eine kasachische Hochzeit dauert normalerweise drei Tage, doch die Eltern einigten sich auf nur einen

Tag und wollten sich die Kosten teilen.

Von Oma bekam ich ein wunderschönes weißes Brautkleid und von Timurs Eltern Goldschmuck als eine Art Aussteuer, sozusagen als Spareinlage für den Notfall. Ich hatte nie zuvor echten Schmuck besessen und trug nur eine böhmische Kette aus bunten Glasperlen mit einem kleinen weißen Herzchen, kein Armband, keine Uhr und auch keine Ohrringe, obwohl ich mir zum sechzehnten Geburtstag Ohrlöcher stechen ließ. Nun sollte ich zur Hochzeit ein unfassbar auffälliges Collier mit Ornamenten, lange Ohrgehänge und gleich drei dicke Armbänder tragen.

Gefeiert wurde im nahen Gartenlokal, wo die mehr als fünfzig Gäste nach Herzenslust lärmen durften. Ein Moderator hatte den gesamten Ablauf organisiert, auch das Essen, Musik, Fahrzeuge und die Ansprache. Er sorgte mit seinen Witzen und Trinksprüchen für Stimmung und sammelte die Geldgeschenke ein. Ich kannte diese Tradition nicht, war aber froh, dass wir uns auf diese Weise an den Kosten beteiligen oder für unsere spätere Wohneinrichtung sparen konnten.

Russen und Kasachen verstehen zu feiern. Sie essen und trinken unglaubliche Mengen, vor allem die Männer, die schon vor dem Essen tanzen. Sie stehen in einem Kreis und abwechselnd geht einer in die Mitte, breitet seine Arme aus und bewegt sie kreisend, was mich an Wind und Wellen erinnert. Dazu stapfen sie rhythmisch mit ihren Füßen oder springen in die Luft. Bei den Frauen sehen die Bewegungen nicht so kraftvoll aus, eher fließend und wunderschön. Ich hätte auch gern getanzt, doch ich musste am Tisch sitzen bleiben und unzählige Segenswünsche anhören.

Leere Flaschen wurden sofort weggetragen oder am Boden abgestellt. Timur erklärte mir, leere Flaschen auf einem Tisch beschwören Probleme in der Zukunft herauf, was bei einer Hochzeit besonders dramatisch wäre.

Ich wusste nicht, dass es in Chemnitz so viele Kasachen gab und sie neben den Russen und Vietnamesen den größten Ausländeranteil stellten. Heute sind es mit weitem Abstand die Ukrainer, danach folgen Syrer und Afghanen. Ich habe nichts gegen Ausländer. Ich wundere mich nur, dass sie meist unter sich bleiben in ihrer Freizeit und auch untereinander heiraten. So wie Bolat, Timurs älterer Bruder und viele seiner Freunde.

*****

Nach der Hochzeit war alles wie zuvor. Ich lebte weiter bei Oma, Timur studierte und ich musste mich drei volle Monate ganz allein um das Baby kümmern, bevor es endlich tagsüber in einer Kinderkrippe betreut wurde und ich meine Lehre fortsetzen konnte. Ich liebte meine süße kleine Marie, doch nicht, wenn sie in der Nacht weinte oder ich ihre Windel wechseln musste. Und ich hasste es, das Baby in einem Wagen spazieren zu fahren und fand es furchtbar, die Straße hoch und wieder herunter zu laufen und dabei diese hässliche Kutsche zu schieben. Als Marie acht Monate alt war und schon allein sitzen konnte, besorgte Oma eine Kraxe, die ich mir wie einen Rucksack auf den Rücken schnallte. Das fand ich viel praktischer und konnte endlich auf den albernen Wagen verzichten.

Ich hatte ein schönes Leben bei meiner Oma, die sich um alles rührend kümmerte: um unser Essen, den Haushalt, um Marie und mich, was ich erst viele Jahre später verstand und zu schätzen wusste. Ich lernte für meine Prüfungen, spielte mit Marie und traf mich hin und wieder mit Timur.

Manchmal besuchten uns meine Eltern, aber ich fuhr nie zu ihnen nach Gelenau. Timur mag meine Eltern schon deshalb, weil sie meine Eltern sind und es mich ohne sie nicht gäbe. Was für eine seltsame Begründung! Er sagt, man muss die Eltern achten. Ich kann meine Eltern nicht achten, weil sie mich einsperrten und zur Abtreibung zwingen wollten. Nicht ein einziges Mal sind sie gekommen, um zu schauen, ob es mir gut geht. Auch nicht, um ihr Enkelkind zu sehen, obwohl sie von Oma von der Geburt erfuhren.

Wir planten, nach Timurs Studium und dem Ende meiner Ausbildung uns eine Arbeit und eine Wohnung zu suchen und zusammen mit Marie wie eine ganz normale Familie zu leben. So war es vereinbart und so haben wir es gemacht.

Marie tat sich schwer mit dem Umzug.
„Ich will zu meiner Mutti", verlangte sie immer und immer wieder.
Das brachte mich schier zur Verzweiflung, denn *ich* war ihre Mutti und die, die sie Mutti nannte, ihre Ur-Oma. Mich nannte sie Lena, weil meine Oma mich Lena oder Lenchen rief.
Erst, als Marie in die Schule kam, hörte sie mit ihrem Geschrei nach ihrer „Mutti" auf. Sie erzählte mir begeistert von ihrer Lehrerin und den neuen Freunden, wollte eine berühmte Schauspielerin werden und zum nächsten Geburtstag unbedingt ein Pferd haben. Sie erfand Geschichten, was sie angeblich alles erlebt hätte, aber nicht stimmen konnte. Ich amüsierte mich darüber statt ihre Fantasie zu bremsen und sie in die Wirklichkeit zurückzuholen. In den Alltag, der unser Leben ausmacht.

Serik

Timurs Bruder Serik war erst zwei Jahre alt, als er nach Deutschland kam. Da fiel es nicht auf, dass er weder laufen noch sprechen konnte und Windeln brauchte. Doch bereits bei der Erstuntersuchung in Friedland wurde den Eltern geraten, Serik gründlich untersuchen und den Grad seiner Behinderung medizinisch feststellen zu lassen.
Sie wählten Chemnitz als Wohnsitz, weil sie sich hier gute Arbeits- und Lebensqualität erhofften. So kam es auch. Nazira und Viktor erhielten eine Dozentenstelle in der Technischen Universität, Timur einen Platz im Uni-Kindergarten und Bolat kam in die Schule. Doch wohin mit Serik, der eine Rundumbetreuung brauchte? Bisher lag er tagsüber und nachts in seinem Gitterbettchen, denn für einen Kinderwagen zum Ausfahren war er inzwischen zu groß. Außerdem konnte er weder sitzen noch allein seinen Kopf halten. Der Kinderarzt erklärte den Eltern, dass sich Serik im Liegen nicht weiterentwickeln könne, da weder seine Muskeln noch sein Gehirn auf die Senkrechte angesprochen werden. Er empfahl eine professionelle Tagesbetreuung, die besser für das behinderte Kind ist und seinen Eltern und Geschwistern einen normalen Alltag ermöglicht. Es gab gute Tagesbetreuung für mehrfach schwerstbehinderte Kinder in der Stadt, doch dazu musste Nazira einer umfangreichen medizini-

schen Untersuchung zustimmen, die vermutlich schmerzhaft ist und die sie ihrem Kind ersparen wollte. Andererseits hatte sich Seriks Zustand verschlechtert, er litt unter häufigen Krämpfen, auch nachts. Außerdem wurde er immer schwerer, so dass ihn Nazira nur noch zum Füttern aus dem Bett hob. Der Name der Krankheit war ihr gleichgültig, sie wollte ihrem Sohn nur ein schmerzfreies Leben ermöglichen. Doch Hilfsmittel gibt es nur auf ärztliche Anordnung.

In ihrer Heimat wäre ein krankes Kind, das daheim betreut wird, nicht aufgefallen. Doch in Deutschland gibt es strenge Vorgaben, denen die Eltern nicht widersprechen dürfen. Man drohte ihnen, die Fürsorge für das eigene Kind zu entziehen, wenn sie Serik nicht freiwillig in der Kinder- und Jugendmedizin des Klinikums Chemnitz vorstellen. Unter diesem Druck stimmte Nazira zu, obwohl sie nach wie vor daran zweifelte, ob eine medizinische „Notwendigkeit" wichtiger ist als Seriks Wohlbefinden. Sie verlangte, dass das schmerzfreie Wohlgefühl in den Mittelpunkt gestellt wird, was man ihr natürlich nicht versprechen konnte.

Serik bekam einen Platz in der Tagesbetreuung und einen kleinen bunten Rollstuhl, den die Krankenkasse zahlte.

Mit sechs Jahren kam er in die Schule, denn die Schulpflicht besteht auch für behinderte Kinder. Dort konnte er sich mit einem *Talker* verständigen.

Er musste nur mit seiner Hand auf dem Bildschirm Bilder antippen, aus denen die Technik logische Sätze bildet.

Als er aus dem kleinen Rollstuhl herausgewachsen war, beantragte Nazira einen größeren. Aber der Antrag wurde von der Krankenkasse abgelehnt. Eine Begründung dafür gab es nicht. Der medizinische Dienst habe so entschieden, obwohl sich kein Arzt oder sonstiger Prüfer den Jungen angesehen hatte. Auch Naziras Widerspruch wurde abgelehnt. So lief es bei jedem neuen Antrag auf Hilfsmittel: Antrag, Ablehnung, Widerspruch, wieder Ablehnung. Und das alles mehrfach hin und her, als hätte sich die schwere Krankheit plötzlich in Luft aufgelöst. Das war für alle zermürbend und direkt unwürdig.

Serik kann bis heute keine Gegenstände halten, sich nicht selbständig drehen und leidet unter häufigen Schmerzattacken und Krampfanfällen.

Ich lernte Serik an seinem achtzehnten Geburtstag kennen, als sich ein neues, für die Familie besonders schwieriges Problem auftat. An diesem Tag musste Serik die Tagespflege der Kinder- und Jugendstation verlassen. Theoretisch gibt es eine weiterführende Betreuung für Erwachsene, doch es gab keinen einzigen freien Platz in einer stationären Einrichtung. Deshalb musste Serik daheim gepflegt werden. Leider konnte nicht einmal ein ambulanter Pflegedienst gefunden werden, weil es zur Zeit keine Pflegekräfte gab. Als Schwiegertochter in Kasachstan wäre mir diese Aufgabe zugefallen. Doch wir leben in Chemnitz und keiner konnte mich zwingen, meine Ausbildung abzubrechen und nur noch Pflegekraft für Timurs Bruder zu sein. Nazira war verzweifelt. Sie tröstete sich damit, dass Serik zwar schwerst behindert ist, trotzdem als Erwachsener als voll geschäftsfähig gilt und medizinische Behandlungen ablehnen darf beziehungsweise zustimmen muss.

Nazira holte ihre Nichte aus Öskemen, die seitdem bei Timurs Eltern lebt und Serik rund um die Uhr pflegt. Auch Timur wird bei der Pflege eingebunden und hilft zum Beispiel beim Umbetten vom Bett in den Rollstuhl und umgekehrt. Das beweist seinen Familiensinn, doch ich wünschte mir, dass er sich mehr um mich und unsere Marie kümmert als um seinen Bruder.

Erstaunlich finde ich, wie deutlich Serik spürt, ob jemand nur seine Behinderung sieht oder den ganzen Menschen. Er versteht, wenn jemand Mitleid mit ihm hat, aber er mag es nicht. Dann zieht er sich in sich selbst zurück, reagiert nicht mehr und zeigt den Leuten, dass er nur hilflos in seinem Rollstuhl sitzt. Wenn sich aber sein Gegenüber wenig um seine Behinderung schert, blüht er auf und nutzt seinen neuen Talker für eine Unterhaltung.

Dabei tippt er oft nur einen Buchstaben, das Gerät vervollständigt das Wort und „spricht" dann den kompletten Satz.

Ich glaube, dass mich Serik mag. Doch ich darf ihn nicht mehr besuchen, weil ich ihn als blöd bezeichnete. Natürlich weiß ich, dass Serik nicht blöd ist, sondern nur so wirkt mit seinen Zuckungen im Gesicht und am ganzen Körper. Ich finde, man sollte aussprechen, was man denkt und nicht jedes Mal Angst haben müssen, jemanden zu kränken. Diese Angst verhindert jedes normale Gespräch.

Serik hat ein unglaublich gutes Gedächtnis, vor allem für Zahlen und technische Details. Seit er im Alter von zehn Jahren mit Blaulicht ins Krankenhaus gefahren wurde, interessiert er sich für Rettungswagen und Feuerwehren. Die Sanitäter zeigten ihm damals technische Geräte und lenkten ihn damit von seinem Anfall ab. Seitdem kennt Serik sämtliche Bezeichnungen für alle Rettungsfahrzeuge. In unserer Wohngegend gibt es die Berufsfeuerwehr der Stadt. Manchmal fährt Timur seinen Bruder zur Wacht, wo er jedes Mal herzlich begrüßt wird. Sie zeigen ihm neue Fahrzeuge und technische Neuerungen und heben ihn mit einer Art Kran hoch in die Luft. Am besten gefällt Serik das große Hubrettungsfahrzeug mit der Drehleiter, die bis zum siebenten Stockwerk ausfahren kann. Ganz oben hängt dann der Rettungskorb, in den ihn die Feuerwehrleute schon einmal hineinhoben.

Serik ist sogar Mitglied einer Fangruppe bei Facebook und Instagram, die Blaulicht heißt.

Timur verhält sich seinem Bruder gegenüber, als wäre dieser nicht behindert. Er schreit ihn sogar an, wenn er genervt ist. Vielleicht ist das ganz in Ordnung, vielleicht auch nicht. Auf jeden Fall habe ich den Eindruck, als hätte Timur in der Familie den schwersten Stand, denn er ist nicht nur das Mittelkind, das oft übersehen wird, sondern auch der ältere Bruder des behinderten Serik. Bolat als der Erstgeborene ist der ganze Stolz der Eltern und wird von Timur grenzenlos bewundert. Weil sich weder Bolat noch seine Eltern übermäßig um die beiden jüngeren Brüder kümmerten, hing Timur sein ganzes Herz an den hilflosen Serik. Er fühlte sich von klein auf verantwortlich für ihn, vor allem, wenn die Mutter überfordert war und einfach aus dem Haus lief. Anfangs hat er sich nur zu ihm ins Bett gelegt und gestreichelt, später gefüttert und ihm Märchen erzählt. Noch heute möchte er so oft wie möglich an Seriks Seite sein und sicherstellen, dass es ihm gut geht.

Kasachstan

Timurs Eltern erklärten mir, dass in Kasachstan die Schwiegertochter den gesamten Haushalt führt und die Gäste bewirtet. Zum Glück leben sie schon viele Jahre in Deutschland, haben sich angepasst und erwarten nicht, dass ich für sie koche, wasche und putze. Doch sie erwarten, dass wir sie jede Woche besuchen und ich für die ganze Familie den Tisch decke. Ich bringe jedes Mal einen selbst gebackenen Kuchen mit, weil mir die kasachisch frittierten Brot- und Teigstücke zu fettig sind. Auch die Hammelgerichte sind recht fettig, doch ich mag sie, weil das Fleisch zart und saftig ist und direkt vom Knochen fällt. Nazira stellt das Fleisch auf einer großen Platte in die Tischmitte und reicht die Nudeln oder Kartoffeln und die Soße in Schüsseln dazu.

Untereinander sprechen sie russisch, denn Kasachisch geriet in den Städten in Vergessenheit. In den Schulen wurde nur Russisch gelehrt. Erst viel später führte man die kasachische Sprache im Unterricht ein, allerdings mit kyrillischer Schrift. Heute herrscht in den ehemaligen Sowjetrepubliken die jeweilige ethnische Sprache vor und Russisch wird wie Englisch oder Deutsch als Fremdsprache gelehrt. In einigen Gebieten ist alles Russische direkt verhasst.

Sprache muss erhalten bleiben, denn sie ist neben dem Essen die Basis der jeweiligen Kultur. Wenn man eine Sprache oder einen Dialekt nicht früh genug lernt, werden die Wörter immer fremd klingen, auch wenn man fleißig Vokabeln übt.

Unser Kind sollte deshalb unbedingt zweisprachig

aufwachsen. Leider erwies sich das als schwierig, da Timur daheim konsequent Deutsch spricht. Er sagt, es heißt *Muttersprache,* weshalb Marie meine Sprache sprechen muss und er mit seiner Mutter Russisch. Mir soll es recht sein.

Dagegen ist das Vaterland das Land, aus dem man stammt, dessen Nation man sich zugehörig fühlt, das Geburtsland, die Heimat. So habe ich das noch nie gesehen. Auf jeden Fall stimmt es für Timur, denn er hängt an seinem Geburtsort und besucht in jedem Jahr seine Großeltern in Öskemen.

Eigentlich sollte Chemnitz seine Heimat sein, denn hier lebe ich, hier lebt sein Kind, auch seine Eltern und Brüder leben hier. Heimat ist für mich dort, wo die Familie ist und nicht der Geburtsort, in dem er nur einmal im Jahr Urlaub macht. Vielleicht sehnt er sich nur deshalb nach Kasachstan, weil es so weit entfernt ist. Ich habe jedenfalls kein Heimweh nach Gelenau im nahen Erzgebirge.

Chemnitz ist heute eine wunderschöne Stadt mit sehr vielen Grünanlagen, Parks, Wiesen und Wäldern und ist prozentual gesehen die grünste Stadt Sachsens. Früher war Chemnitz schmutzig, was an den vielen Fabriken lag. Deshalb hieß es zu DDR-Zeiten: In Chemnitz wird gearbeitet, in Leipzig verkauft und in Dresden verprasst.

Bevor Marie in die Schule kam, zeigte uns Timur,

woher er kommt, wo seine Großeltern, seine Tante und deren Familie leben. Doch die weite Reise war eine Tortour, die ich nicht wiederholen werde. Für die fast 6.000 Kilometer brauchten wir fünfzehn Stunden mit Zug, Flügen und Wartezeiten. Hinzu kam, dass ich mich mit niemandem unterhalten konnte, weil ich weder Russisch noch Kasachisch verstehe. Zwar habe ich in der Volkshochschule einen Russischkurs besucht, doch schon die kyrillischen Schriftzeichen machten mir Probleme. Im Grunde war dieser Versuch zwecklos, denn es hat keinen Sinn, eine Sprache zu lernen, die man sowieso nie spricht. Timur spricht akzentfrei Deutsch und seine Eltern beherrschen die deutsche Grammatik besser als so mancher Chemnitzer. Ihre Worte klingen weicher als das Sächsische bis auf das rollende R, das auch in der Lausitz und Franken gesprochen wird.

Sobald ich in Kasachstan erwähnte, dass ich aus Deutschland komme, wollten viele Leute Deutsch mit mir sprechen, doch die meisten Englisch, kaum einer Russisch. Ich verstehe nicht, warum sie das Russische ablehnten, da sie es doch beherrschen, daheim sprechen und früher auch in der Schule. Kasachen und Russen verbindet eine lange Tradition. Es besteht kein Grund für diese Abgrenzung. Auf jeden Fall freut uns, dass Marie problemlos mit den Kindern spielte, denn die wenigen Worte, die sie bei ihrer Oma aufschnappte, reichten locker zur

Verständigung aus.

Öskemen hat 100.000 Einwohner mehr als Chemnitz. Die Stadt wirkt schmutzig wegen der vielen qualmenden Schornsteine, die mich an an das frühere Chemnitz erinnerten. Ebenso die hässlichen Betonbauten, obwohl die bei uns inzwischen bunt angestrichen sind. Wenigstens fanden sich in der Innenstadt hübsche Backsteinhäuser und schöne Parkanlagen. Zur großen Freude von Marie unternahmen wir eine Schiffsfahrt auf dem riesigen Fluss Irtysch, der der längste Nebenfluss (des Ob) der Welt sein soll. Manche behaupten sogar, dass der Ob der Nebenfluss des Irtysch ist. Mich beeindruckte vor allem der Blick auf die Altaiberge, die über viertausend Meter hoch ragen und von der Stadt aus zu sehen sind. Deshalb begegneten uns viele Fremde, die zu einer Bergtour starteten.
Die Preise für Lebensmittel und vor allem Elektroartikel finde ich im Vergleich zum Lohn recht hoch. Timur scheint das nicht zu bemerken. Ihn macht einfach alles glücklich, was Kasachstan betrifft.
Ich habe mich im Internet über Kasachstan informiert. Heute ist mehr als die Hälfte der Bevölkerung russisch, die Kasachen sind eng mit Mongolen und anderen Turkvölkern verwandt. Im Winter ist es eiskalt bei minus zwanzig Grad, aber trocken und es gibt viel Schnee, der die Landschaft die Hälfte des Jahres bedeckt. Dafür sind die Sommer

heiß und schwül. Ich habe gelesen, dass zu Zeiten der Sowjetmacht viele Atomtests durchgeführt wurden, was Timur bestreitet. Dabei gibt es zahlreiche Dokumentationen über körperliche und geistige Schäden bei später geborenen Kindern. Ohne Rücksicht auf die Gesundheit der Bevölkerung wurden etwa zweihundert Kilometer von Öskemen entfernt fast fünfhundert Tests durchgeführt, ein großer Teil sogar überirdisch.

Die kasachische Sprache gehört zur Gruppe der Turksprachen, die in Kirgisien, Usbekistan, Turkmenien, Aserbaidschan und der Türkei verbreitet sind. Die Türken halten Kasachstan sogar für einen Teil ihres Landes.

Obwohl Timur in einer Großstadt aufwuchs, fühlt er sich bei seiner Tante Aida am wohlsten. Sie lebt mit ihrem Mann, einem ihrer Söhne und dessen Familie auf dem Land in einem winzigen Häuschen. Es gibt nur ein Stockwerk, einen Ofen zentral im Haus, einen Garten mit Obst und Gemüse und einen Kuhstall mit einer einzigen Kuh. Mir wäre das viel zu spartanisch, da ich selbst im Urlaub einen gewissen Grundkomfort brauche.

Marie sauste den ganzen Tag draußen umher und spielte mit den Katzen und Hühnern, während ich immer Angst hatte, sie könnte sich verletzen. Vor allem, weil Aidas Mann Pferde hält, auf die er mächtig stolz ist. Er und seine Kinder ritten auf ihnen wild umher.

„Du wirst dir den Hals brechen!", warnte ich Timur, als er übermütig auf eines der Pferde stieg.

„Ich will mit!", bettelte Marie, aber das erlaubte ich natürlich nicht.

Kasachen lieben Pferde, reiten sie in den Dörfern, lassen sie zum Spaß Rennen laufen, trinken ihre Milch und essen sie zu Festen.

Familie

Bis vor wenigen Jahren kauften Timurs Eltern einmal pro Woche Pferdewurst und -fleisch in Chemnitz. Ich war froh, als es den Verkaufsstand nicht mehr gab, weil ich kein Pferdefleisch mag.

„Das liegt daran, dass das Fleisch hier nicht annähernd so gut schmeckt wie daheim", erklärt Timur. Daheim bestimme ich. Ich muss nichts erklären, um nichts bitten, es ist alles richtig, was ich mache. Ich bin gern daheim. Timur dagegen ist lieber mit seinen Freunden unterwegs. Er spielt gern Fußball und fährt mit dem Rad bis hinauf ins Erzgebirge. Mir ist das Radfahren im Gebirge zu anstrengend. Auch das Wandern. Timur verlangt, dass ich das Wandern lerne, weil Kasachstan übersetzt *Land der Wanderer,* heißt. Ein echter Kasache ist ein Wanderer, ein Nomade. Ich bin kein Nomade und Timurs Familie ist eine Mischung aus kasachisch, deutsch und russisch, weshalb ich Timurs Hang zu kasachischen Traditionen für übertrieben halte. In unserem Flur hängt sogar die kasachische Nationalflagge, damit jeder Besuchern sofort sieht, wie wichtig Timur sein Geburtsland ist. Lang und breit erklärt er jedem die Symbole, die eigentlich eindeutig sind: Sonne und Adler vor einem blauen Himmel.

Ich weiß, dass Timur mich liebt, obwohl er es noch nie gesagt hat. Er mag keine großen Worte, denn Worte sind wie Schall und Rauch. Nur Taten zählen für einen Mann. Damit zeigt er seine Liebe, seine Verantwortung, seine Zuverlässigkeit. Zum Beispiel fährt mich Timur überall hin, obwohl ich selbst fahren oder den Bus nehmen könnte. Doch für ihn ist es wichtig, so oft es geht das Auto zu benutzen und seine Frau zu fahren. Wenn er Flaschen oder Pappe zum Container bringt, muss ich im Auto untätig sitzen bleiben und darf nicht helfen, weil sich das für eine Frau nicht schickt. Er liebt sein Auto, das er jeden Samstag gründlich putzt. Er geht sogar mit einem Lappen um seinen Toyota, bevor wir losfahren und nachdem er es auf dem Hof abgestellt hat, um jeden Fleck und jedes Blatt zu entfernen.
Im Haus ist Timur nicht so pingelig. Das ist allein mein Part, denn Timur sieht die Aufgaben sehr traditionell, obwohl er in Chemnitz aufgewachsen ist. Aber ein Pascha ist er nicht, denn er ist immer be-

reit, jedem zu helfen, der ihn braucht.

Am wichtigsten sind Timur neben seiner Familie seine Freunde, die er regelmäßig in Cafés und Lokalen trifft, um traditionelle kasachische Gerichte zu essen. Beshbarmak (Fleisch mit Nudeln) koche ich ebenfalls gern, nur die gefüllten Teigtaschen sind mir zu aufwändig zuzubereiten.

Marie holten wir zu uns, als wir beide einen gut bezahlten Arbeitsplatz hatten und eine Wohnung einrichten konnten. Das war in dem Jahr, in dem sie in die Schule kam. Wir freuten uns auf das Familienleben mit unserem Töchterchen, doch Marie wäre lieber bei Oma geblieben. Doch ein Kind gehört zu seinen Eltern.

„Familie ist wichtig. Wichtiger als alles andere."

Damit meint Timur meine Eltern. Er will, dass ich wieder Kontakt zu ihnen aufbaue. Aber ich will das nicht.

„Für mich bist nur du wichtig und Marie. Meine Eltern brauche ich nicht."

„Jeder braucht seine Eltern. Auch du. Du musst endlich Frieden mit ihnen schließen. Fahr hin! Sprich mit ihnen!"

Ich will nicht mit ihnen sprechen. Jeder Gedanke an meine Eltern macht mich traurig und gleichzeitig aggressiv. Manchmal möchte ich Timur schlagen, wenn er wieder einmal nervt, ich soll meine Eltern besuchen oder wenigstens anrufen.

„Du träumst von deinen Eltern. Das sind Zeichen."

„Unsinn.“
„All das, was sie dir angetan haben, ist viele Jahre
her. Du bist nicht mehr von ihnen abhängig.“
„Das nicht, aber sie haben mich damals sehr ver-
letzt.“
„Kannst du ihnen nicht endlich vergeben?“
„Kannst du mich nicht endlich in Ruhe lassen?“

*****

Marie ist fast sechzehn Jahre alt und will während
der Ferien ein Praktikum machen. Ich empfehle ihr
das Kaufland, weil dort ein abwechslungsreicher
Einblick in verschiedene Berufe im Handel geboten
wird. Für dreißig Arbeitsstunden würde sie einen
Einkaufsgutschein über hundert Euro erhalten. Das
finde ich großzügig. Marie nicht. Sie hat keine Lust,
Regale einzuräumen und bewirbt sich bei einem
Industriekonzern, wo Metallteile und Motoren pro-
duziert werden. Dort verspricht man ihr, dass sie in
viele Berufsfelder hineinschnuppern darf. Außerdem ist die Firma leicht mit dem Stadtbus zu erreichen.
Einen Tag vor Antritt erhält Marie die Mitteilung auf
ihr Handy, dass sie sich 7 Uhr in der Hauptstelle in
Hohenstein-Ernstthal einfinden soll. Ich bringe sie
noch vor sechs Uhr morgens zum Bahnhof. Von
dort fährt ein Zug Richtung Zwickau, der eine halbe
Stunde später in Hohenstein hält. Das Firmenge-

bäude ist ein moderner schwarzer Klotz, der einschüchternd und beklemmend wirkt. Die junge Frau am Empfang schaut in ihren Computer, findet aber keinen Eintrag zu Maries Schülerpraktikum. Sie telefoniert mit mehreren Leuten und bittet Marie schließlich in den Wartebereich. Erst nach einer knappen Stunde holt sie ein Lehrling ab und bringt sie in eine riesige Produktionshalle.

„Du sollst hier kehren", weist er sie an.

Marie kehrt sechs Stunden. Da ihr niemand irgend etwas erklärt und sich auch sonst nicht kümmert, ruft sie den Verantwortlichen in Chemnitz an, mit dem sie das Praktikum vereinbarte.

„Wir haben *hier* auf dich gewartet", blafft der Mann. „Morgen bist du pünktlich 7 Uhr hier in der Firma!"

Am nächsten Tag zeigt Marie dem Mann die Mitteilung auf dem Handy. Doch er glaubt ihr nicht und hält den Text für Betrug.

„Schlauberger wie dich kennen wir, brauchen wir aber nicht. Geh nach Hause! Auf dich ist kein Verlass."

Frustriert postet Marie ihr Erlebnis auf Instagram. Noch frustrierender findet sie, dass sie dafür kein Mitgefühl erhält, sondern Spott. Wer den Schaden hat, braucht für den Spott nicht zu sorgen.

*****

Nach dem Abendessen, klopft Marie mit der Hand

auf den Tisch und sagt sehr bestimmt: „Ich will, dass ihr mir helft!"
Der heftige Tonfall klingt nicht nach einer Bitte, sondern nach einer Forderung.
Trotzdem sage ich freundlich: „Gern. Wobei denn?"
Marie kneift ihre Augen fest zusammen und runzelt die Stirn. Sie presst ihre Lippen aufeinander, als wolle sie nicht, dass das, was sie zu sagen hat, tatsächlich aus ihrem Mund schlüpft.
„Weil ich Schlitzaugen habe!"
„Weil du *was* hast?", frage ich bestürzt.
„Hässliche Schlitzaugen!" Sie weist mit dem Zeigefinger auf ihre Augen. „Dauernd werde ich beleidigt und diskriminiert."
„Wie das?", fragt Timur.
„Alle halten mich für eine Fremde, weil ich solche Augen habe und fragen, woher ich komme."
„Aber das ist doch keine Beleidigung, sondern eine ganz normale Frage." Während Marie genervt die Augen verdreht, rede ich weiter. „Mandelaugen sind etwas ganz besonders Schönes. Die fielen mir bei deinem Vater", ich lächle Timur an, „als erstes auf."
„Eben. Sie fallen auf und jeder guckt mich blöde an und manche sind so gemein und fragen, woher ich diese Augen habe."
„Warum sagst du nicht einfach, dass sie von mir sind?", gibt Timur lachend zurück.
„Ich würde auch fragen und habe es damals auch

gemacht, als ich deinen Vater zum ersten Mal sah."

„Klar! Du bist ja auch gefühllos wie ein Klotz."

„Mascha! So spricht man nicht mit seiner Mutter."

„Ist doch wahr!"

„Red keinen Unsinn! Ich bin mit meinen Augen voll zufrieden."

„Na und? Du bist ein Mann", blafft sie ihren Vater an. „Ich bin ein Mädchen und kann mich nicht einmal richtig schminken", ruft sie verzweifelt aus.

„Mandelaugen sieht alle Welt als besonders attraktiv, weil sie so schön sind und exotisch wirken."

„Schön?" Marie wirft mir einen verächtlichen Blick zu. „Ich will nicht exotisch wirken, sondern ganz normal aussehen wie alle anderen Mädchen." Wieder schaut sie mich an. „Warum kann ich nicht so aussehen wie du?"

Schon als kleines Mädchen wünschte sich Marie meine blauen Augen und die blonden Haare. Sie fand, so sieht eine Prinzessin aus. Ihre glatten braunen Haare und braunen Mandelaugen mochte sie nie. Wenn jemand ihre wirklich wunderschönen Augen lobte, glaubte sie, es sei unehrlich und herabsetzend gemeint.

„Dunkle und mandelförmige Augen dominieren bei der Vererbung. Blaue Augen und blonde Haare sterben weltweit in einigen Jahren aus", erkläre ich.

„Was kann ich dafür?"

„Nichts. Mehr gibt es dazu nicht zu sagen."

„Oh doch! Ihr seid schuld an meinen Augen und ihr werdet mir die OP bezahlen!"

„Welche OP?"

„Na, die Schlupflider entfernen."

„Jetzt bringst du etwas durcheinander. Schlupflider *haben* die Falte, die bei asiatischen Augen fehlt, sie hängen aber über dem Auge. Das ist altersbedingt und kann operiert werden. Du aber hast gesunde Augen, die obendrein wunderschön sind."

„Du lügst!" Marie weint. „Ich habe mich erkundigt. Die OP kostet zweitausend Euro. Die seid ihr mir schuldig."

„Jetzt reicht es!", poltert Timur. „Du hast gehört, was deine Mutter gesagt hat. Schluss! Kein Wort mehr! Hast du mich verstanden?"

„Typisch! Ihr versteht mich nicht, weil ihr mich nicht verstehen wollt. Ich hasse euch!"

„Marie!"

Doch sie hört mich nicht. Sie geht in ihr Zimmer und schlägt die Tür krachend zu.

„Was ist plötzlich in sie gefahren?", frage ich verwirrt.

„Pubertierende Zicke", winkt Timur lachend ab.

Ich lache nicht, denn Marie scheint mir ernsthaft verzweifelt über ihre Augenform. Dabei sind sie wirklich wunderschön.

*****

„Du bist langweilig", verkündet Timur.
Verwirrt schaue ich ihn an, denn ich bin so, wie ich schon immer bin.
„Du bist so schrecklich zufrieden."
„Was ist schlimm daran, zufrieden zu sein?"
„Eigentlich nichts. Doch um wirklich zufrieden zu sein, braucht es einen Grund. Man muss zuvor dafür etwas tun."
„Was denn?"
„Ein Ziel haben."
„Was denn für ein Ziel?"
Timur verdreht die Augen, weil ich wieder einmal nichts begreife.
„Eine Aufgabe, die man sich stellt. Erst, wenn man die gemeistert hat, kann man guten Gewissens zufrieden sein."
„Ich brauche keine Aufgabe, damit ich zufrieden bin. Ich bin es auch so."
„Genau das meine ich. Dir fehlt jeder Antrieb. Du kommst nicht voran. Das ist langweilig." Wieder verdreht er die Augen und zuckt mit der Schulter.
Ich weiß, dass Timur der Macher ist und ich der Denker, was für mich ganz in Ordnung ist.
„Du wirst nicht mal richtig wütend."
Das klingt wie ein Vorwurf und ist doch völlig absurd.
„Warum sollte ich wütend werden? Ich bin doch zufrieden."

„Eben!", schreit er, wirft die Arme hoch und geht aus dem Raum.

Lange denke ich darüber nach. Neidet mir Timur meine Zufriedenheit? Oder bin ich nicht wirklich zufrieden und habe mich nur mit allem abgefunden? Doch womit? Ich bin glücklich in meiner Ehe und mit unserem Kind. Marie ist gesund und entwickelt sich zu einer wunderschönen jungen Frau. Wir haben beide ein gute Arbeit und eine schöne Wohnung. Uns fehlt es an nichts. Weshalb also sollte ich nicht zufrieden sein? Was soll´s? Dann bin ich eben langweilig. Das ist allemal besser, als unzufrieden zu sein.

Es gibt nur wenige Punkte, die mich ärgern, aber die sind ohne wirkliche Bedeutung. Einer ist, dass sich Timur nicht für meine Kollegen und unsere Nachbarn interessiert und meine Berichte einfach unterbricht. Er mag sie nicht hören.

„Komm endlich zum Punkt!", fordert er und beendet das, was ich erzählen will, auf seine Weise in seinem Kopf.

So entgeht ihm all das, was ich ihm mitteilen will, weil er sich sein eigenes Bild macht, das sich meist komplett von meinem Bericht unterschiedet. Er sieht nur das, was in seinem eigenen Kopf ist und lässt nichts anderes hinein.

*****

Timur ist erkältet. Er hält leicht Schmerzen jeder

Art aus, sofern ihre Ursache im Sport liegt. Muskelkater, Schürfwunden und sogar einen Knochenbruch erträgt er ohne Klagen, doch ein Schnupfen wirft ihn um.

„Ich kriege keine Luft!", jammert er. „Schlucken kann ich auch nicht."

„Ich mach dir einen Tee", biete ich an.

Seufzend lässt er sich aufs Sofa fallen und schaut mich gequält an. Ich bringe ihm Taschentücher, reiche ihm die Fernbedienung und stelle eine Tasse heißen Tee auf den Couchtisch.

„Igitt! Was ist das denn?"

„Salbeitee. Der hilft, die Nase frei zu machen. Ich habe noch einen Löffel Honig eingerührt."

„Das Zeug kannst du selber trinken! Schmeckt scheußlich."

„Soll ich dir einen Grog zubereiten?"

Timur nickt. Dann stöhnt er laut. Ich soll hören, wie elend er sich fühlt. Aber ins Bett will er nicht, dabei ist Schlaf das beste Mittel, wenn man sich krank fühlt.

Ich gehe wie gewohnt kurz vor 22 Uhr zu Bett, lese ein wenig und schlafe dann ein. Plötzlich geht das Deckenlicht an und weckt mich. Timur steht neben seinem Bett.

„Kannst du schlafen?", fragt er.

Nun nicht mehr, denke ich verärgert, sage es aber nicht. Stattdessen frage ich, ob er noch etwas braucht.

„Keinen Tee!“, gibt er energisch zurück. „Heißes Bier oder noch einen Grog.“

Seine Stimme klingt heiser. Vermutlich hat er auch Halsschmerzen. Ich gehe in die Küche und erhitze Bier. Warmes Bier wirkt beruhigend und hilft beim Einschlafen. Im Internet raten die meisten, Alkohol grundsätzlich zu meiden, erst recht bei Erkältung, weil er das Immunsystem zusätzlich schwächt. Andere wiederum empfehlen warmes Bier und heißen Grog, weil dies schweißtreibend ist und Viren und Giftstoffe aus dem Körper befördert. Mir hat warmes Bier am Abend immer geholfen, trotz Halsweh und Schnupfen einschlafen zu können.

Timur wälzt sich in seinem Bett hin und her und stöhnt dabei. Dazwischen höre ich ihn schnarchen. Drei Mal steht er auf und lässt mich jedes Mal den Grund wissen: Er muss auf Klo oder bekommt keine Luft oder braucht neue Taschentücher.

Am Morgen fühle ich mich wie erschlagen und bin froh, dass Timur doch noch einschlafen konnte. Er liegt auf dem Rücken, atmet durch den offenen Mund und wirkt entspannt. Ich mache mir aus Gewohnheit einen Kaffee, trinke ihn aber nicht, weil mir übel ist. Für Timur koche ich Kräutertee, bestreiche Zwieback mit Butter und Honig und bringe ihm alles ans Bett. Lang und breit erklärt er mir, dass er keine einzige Minute Schlaf fand. Ich sage nichts dazu. Es ist auch nicht wichtig.

„Mir tut alles weh", beklagt er sich. „Jeder Muskel und jeder Knochen im Leib. Ich brauche dringend eine Massage. Mach mir einen Termin!"

Timur mag Massagen. Ich nicht. Denn erstens lass ich mich ungern von Fremden anfassen und zweitens hatte ich als junges Mädchen einen Albtraum. Dabei lag ich völlig nackt bäuchlings auf einem speziellen Tisch mit einem Loch für mein Gesicht. Ich sah nur den Holzfußboden, aus dessen Ritzen kleine Käfer krabbelten, auf die der Schweiß des Masseurs tropfte, was mich so sehr ekelte, dass ich mit Brechreiz kämpfen musste. Ich konnte mich nicht bewegen, weil meine Hände unter der Bank gefesselt und die Hüften mit einem Gurt fixiert waren. Der Masseur malträtierte derart grob meinen Körper, so dass er mir sämtliche Knochen brach. Dann ging er fort und ließ mich hilflos auf der Pritsche liegen.

Ich wurde schreiend wach und brauchte lange, um zu begreifen, dass alles nur ein böser Traum war. Noch heute erinnere ich mich an jede Einzelheit aus diesem Traum und fahre zusammen, wenn ich nur das Wort Massage höre. Timur meint, ich soll mich unbedingt massieren lassen, damit sich der Traum auflöst. Doch daran glaube ich nicht.

*****

„Hier waren Araber im Haus", erzähle ich beim

Abendessen. „Zwei von Kopf bis Fuß tiefschwarz verschleierte Frauen standen vor unserer Haustür, an der Hand zwei kleine Mädchen. Ich fragte sie, ob sie jemanden suchen, aber sie antworteten nicht.“

„Musst du jeden anlabern?“, giftet Marie.

„In diesem Moment kam Frau Uhlich von der Verwaltung mit einem Mann aus dem Keller.“

„Die ziehen vielleicht in die freie Wohnung über uns“, vermutet Marie.

„Ich will die hier nicht haben!“, meldet sich Timur.

„Weil du ein verdammter Rassist bist!“

„Marie! So spricht man nicht mit seinem Vater!“, mahne ich.

„Da es keine Rassen gibt, kann ich auch kein Rassist sein“, gibt Timur lachend zurück.

„Und warum hast du was gegen diese Leute? Sie haben dir nichts getan. Außerdem kommst du selbst aus der Fremde.“

„Das stimmt. Doch lebe ich seit mehr als dreißig Jahren hier, bin an die deutsche Kultur angepasst und kenne es nicht anders. Araber haben eine ganz andere Kultur und einen anderen Tagesrhythmus als wir. Sie leben in Großfamilien.“

„Na und?“, faucht Marie.

„Das heißt, es können auch mal dreißig Leute über uns herumspringen, mit den Türen knallen, auf dem Balkon und im Hausflur rauchen und uns auf die Nerven gehen.“

Marie lacht spöttisch.

„Jeder darf leben wie er mag."

„Ja, aber nur, wenn er Rücksicht auf sein Umfeld nimmt."

„Ich habe mit Frau Uhlich gesprochen. Sie sagt, es sind Syrer und das Amt übernimmt Miete und Umlagen. Was soll sie machen? Die Wohnung steht seit sechs Monaten leer und den Deutschen ist die Wohnung zu teuer."

„Sie müssen ja auch dafür arbeiten."

Timurs Bemerkung finde ich jetzt garstig.

„Ich verstehe nur nicht, wer genau hier einziehen will: der Mann mit einer Frau und einem oder zwei Kindern oder die beiden Frauen mit beiden Kindern oder alle zusammen. Auf jeden Fall ist die Wohnung zu klein mit nur einem Kinderzimmer."

„Ich glaube nicht, dass die das stört. Daheim ist Krieg und die Häuser zerstört. Sie leben in bitterer Armut auf der Straße."

Ich glaube Marie nicht und lese später im Internet nach:

Seit 2011 flohen etwa fünf Millionen Flüchtlinge aus Syrien in ihre Nachbarländer Libanon und Jordanien, auch in die Türkei, den Irak und Ägypten. Die Türkei nahm mit 3,1 Millionen die höchste Zahl syrischer Flüchtlinge auf. Mehr als sieben Millionen Menschen sind innerhalb ihres Landes auf der Flucht. Nach den Angriffen Israels auf den Süden des Libanon kehrten eine halbe Million Menschen nach Syrien zurück.

Ich lese aber auch, dass in arabischen Ländern die Vielehe erlaubt und hier geduldet ist und schäme mich, weil mir mein Selbstschutz wichtiger ist als Mitgefühl.

Weinfest

Ich schalte meinen Laptop an, um Näheres über das diesjährige Weinfest zu erfahren. Der Name Jens Weißflog ploppt auf. Unter seinem Namen steht, dass er heute Geburtstag hat und ein berühmter Schispringer war. Ich habe noch nie zuvor von diesem Mann gehört, weil ich mich nicht für Sport interessiere. Mir leuchtet der Grund nicht ein, besser als jemand anders sein zu wollen. Warum will man von der Welt dafür gelobt zu werden? Mir reicht, wenn man das, was man kann, gut macht. Kuchen backen zum Beispiel.
Ich backe gern und zwar jeden Freitag. Meist sind es einfache Kuchen mit Kirschen oder Pflaumen und Streuseln in einer Kastenform. Timur mag Pflaumen. Er mag auch Kuchen, aber zur Zeit isst er ihn nicht, weil er Zucker für schädlich hält. Dabei wachsen Zuckerrüben ebenso auf dem Feld wie Gemüse und Getreide. Er trinkt sogar seinen Kaffee ohne Zucker, weshalb der Kaffee bitter wie Bier schmeckt.

Ich trinke lieber Wein und freue mich schon auf das Weinfest, das in jedem Jahr auf dem Marktplatz stattfindet. Bei unserem Lieblingsweinhändler probieren wir ein/zwei Gläschen und bestellen gern einige Kisten mit je zwölf Flaschen.

Meine Kollegin Silke hält Wein wie jede Art Alkohol für äußerst ungesund. Ich glaube das nicht, denn schon ganz früher tranken die Leute bereits am Morgen Wein oder Bier und betranken sich am Abend bis zur Bewusstlosigkeit. Ich glaube nicht, dass sie deshalb früher starben als die Menschen heutzutage. Silke meidet auch Kohlenhydrate, um abzunehmen. Selbstverständlich nimmt sie dabei ab, aber auf unnatürliche Weise, denn Brot und Kartoffeln sind unsere Grundnahrungsmittel. Früher gab es ohnehin kaum etwas Anderes, selten Gemüse und noch seltener Fleisch. Trotzdem ist meine Oma sechsundachtzig Jahre alt geworden und dabei körperlich und geistig erstaunlich fit. Es gibt Völker wie die Ewenken und Nenzen in Sibirien und Mongolen, die gar kein Gemüse kennen, sondern ausschließlich Fleisch und Milchprodukte ihrer Tiere essen. Wichtig ist, dass die Mahlzeit nahrhaft ist und satt macht, Salate dagegen haben wenig Gehalt. Mir soll heute keiner erzählen, was gesund ist und was nicht.

Neuerdings macht Silke die 16/8-Diät. Dabei isst sie nur während der Zeit zwischen 8 und 16 Uhr, also acht Stunden. In der restlichen Zeit nimmt sie nichts zu sich. Damit will sie zehn Kilogramm abnehmen. Ich glaube nicht, dass das auf Dauer gut für ihren Körper ist und auch nicht angenehm für das Wohlbefinden. Man isst doch nicht, um abzunehmen, sondern, um sich etwas Gutes zu tun. Silke hat schon vieles versucht, um Gewicht zu verlieren – alles vergebens. Fünf Jahre lang joggte sie täglich mindestens sechs bis sieben Kilometer über gepflasterte Fußwege der Stadt. Nicht ein Gramm hat sie dabei abgenommen, aber inzwischen Probleme mit ihren Knöcheln.

Apropos abnehmen. Ich nehme zur Zeit deutlich *zu*, obwohl ich nicht mehr esse als zuvor, eher weniger. Mit fehlt direkt der Appetit. Nur manchmal spüre ich eine Art Heißhunger auf Schokolade. Meine Hose sitzt richtig straff. Ich muss aufpassen, dass ich nicht noch mehr zunehme. Timur lacht mich aus, weil ich jeden Samstag auf die Waage steige. Seiner Meinung nach braucht eine Frau Rundungen. Doch siebzig Kilo bei nur einem Meter siebzig Größe sind eindeutig zu viel. Laut Internet-Tabelle bin ich zwölf Kilogramm zu schwer. Dagegen muss ich unbedingt etwas tun. Aber was?

Timur, Marie und ich fahren 17 Uhr mit dem Bus in die Stadt. In diesem Jahr ist das Weinfest besonders gut organisiert, denn es gibt ausreichend Tische, Bänke und Stühle vor den fast vierzig Wein-

und fast ebenso vielen Fressbuden. In diesem Jahr musste man nirgendwo Tage zuvor einen Platz reservieren. Zuerst essen wir eine Bratwurst, um nicht mit leerem Magen Wein zu trinken. Nun können wir die fröhliche Stimmung um uns herum aufnehmen und unseren Lieblingsweinhändler aufsuchen. Doch sein Weißwein schmeckt uns dieses Mal nicht, er ist uns zu sauer, weshalb wir weder ein zweites Glas noch eine Kiste zur Lieferung bestellen. Wir schlendern weiter und finden ein Büdchen, das mit lustigen Sprüchen lockt:

> *Was du heute kannst entkorken,*
> *das verschiebe nicht auf morgen.*

Oder: Es gibt Weine, die mit der Zeit besser werden.
Und es gibt Zeiten, die mit Wein besser werden.

Wir nehmen uns Zeit zum Probieren. Schließlich entscheide ich mich für einen süffigen Rotwein, Marie für einen Rosé, Timur bleibt bei Weißwein. Wir setzen uns an einen Tisch, wo sich bereits zwei Paare lebhaft unterhalten.

„Stellt euch vor, wir haben uns eben erst kennengelernt und festgestellt, dass wir morgen zufällig ins gleiche Konzert mit Roland Kaiser wollen."

„Ich liebe die geniale Kulisse am Dresdner Elbufer mit dem atemberaubenden Blick auf Frauenkirche, Semperoper und Elbe", schwärmt das zweite Paar. Auch meine Kollegin Silke ist davon begeistert, vor allem vom niedrigen Eintrittspreis von nur 20 Euro. Für Die Toten Hosen musste sie vor zwei Jahren mehr als 70 Euro bezahlen für ein Konzert auf einer schlammigen Wiese, hinzu kamen die Fahrtkosten nach Berlin. Ich mag diese Gruppe nicht. Ich hörte sie vor einigen Jahren in Chemnitz, als sie kostenlos auftraten. Angeblich gegen Gewalt, doch ihre Texte handeln von Gewalt, sind düster und brutal, was mir ganz und gar nicht gefällt.

Lockere Gespräche mit fremden Leuten findet Timur meist besonders unterhaltsam. Ich bin lieber mit Timur und Marie allein. Zum Wein holt Timur eine üppig beladene Käseplatte mit Toastbrot und Gebäck, die uns hervorragend mundet und die siebzehn Euro absolut wert sind.

Der Wein wird in hübschen Gläsern ausgeschenkt, die in der Sonne in allen Farben glitzern. Ich mag Glas, weil es so ein eigenwilliger Stoff ist. Als Kind faszinierte mich das Glas der Fensterscheiben, weil sie Sonne und Licht durchließen, aber nicht Wind, Kälte und Regen. Und jetzt schwenke ich mein Glas und freue mich, dass ich den Wein sehe, während er im Glas gefangen ist.

Zum Abschluss möchte ich unbedingt einen armenischen Wein probieren und bin so begeistert vom angenehm süffigen Geschmack, dass ich gleich eine Flasche kaufen will. Doch Timur ist verärgert, weil weder russischer noch kasachischer Wein angeboten wird. Es gibt außer deutschen Weinen nur einen ungarischen und diesen armenischen Stand.

*****

Am nächsten Morgen ist mir schrecklich übel und ich muss mich übergeben. Dabei hatte ich nur drei Gläser Wein getrunken von nur jeweils 0,1 Liter. Das sind nur wenige Schlucke und mir dazu den leckeren Käse schmecken lassen. Der Käse war in Ordnung, denn Marie und Timur geht es gut. Marie ist allerdings sehr blass, das ist sie immer, doch heute scheint mir ihre weiße Haut fast durchsichtig. Tagsüber ist meine Übelkeit vergessen. Doch in der Nacht finde ich keine Ruhe.
„Was hast du denn?", erkundigt sich Timur.
„Mir geht es nicht gut. Vermutlich habe ich mir den Magen verdorben."
„Warte! Ich hole dir einen Wodka."
„Bist du verrückt?"
„Ein Schluck Wodka mit einem Prise Salz hilft gegen Bauchkrämpfe. Das Salz regt die Verdauung an und der Wodka tötet Krankheitserreger ab. Das ist ein altes Hausmittel."
„Lieber ist mir ein heißer Kümmelschnaps. Deine Mutter sagt, dass Kümmel Krämpfe löst."
Tatsächlich kann ich nach diesem Schnaps wieder einschlafen. Doch am Morgen ist mir wieder derart übel, dass ich sofort zur Toilette rennen muss. Dort stört mich plötzlich der Duft der neuen Seife. Pene-

trant riecht der ganze Raum nach Lavendel, sogar die Handtücher. Bisher mochte ich das gern, doch jetzt muss ich mich übergeben. Was ist das nur? Vielleicht die neue Sommergrippe, die sich im Moment in der ganzen Stadt ausbreitet?

Da es mir auch während der nächsten Tage nicht besser geht, suche ich einen Arzt auf.

Schock

„Ich kann gar nicht schwanger sein. Ich bin schon vierunddreißig!"

Der Arzt lächelt.

„Das Durchschnittsalter für Erstgebärende liegt in Deutschland bei 31 Jahren. Da es Ihr zweites Kind ist, ist es für Sie nicht einmal eine Risikoschwangerschaft." Wieder lächelt er. „Freuen Sie sich!"

Wie kann ich mich freuen? Marie ist siebzehn Jahre alt und mein Projekt Kind seit gut zwölf Jahren abgeschlossen. Ich will jetzt kein Kind! Damals, mit Zwanzig war ein guter Zeitpunkt für ein zweites Kind, denn meine Ausbildung war beendet und Marie zwei Jahre alt, der perfekte Altersunterschied für Geschwister. Leider wurde ich nicht schwanger, obwohl wir alles versuchten. Wir achteten auf den Zyklus, probierten alle natürlichen Methoden und erwogen sogar eine künstliche Befruchtung. Doch nichts führte zum Erfolg, obwohl wir beide gesund waren und Timur drei oder gar vier Kinder wollte. Als Marie in die Schule kam, schlossen wir die Nachwuchsplanung ab, weil der Altersunterschied zwischen den Geschwistern zu groß wäre, sie wären zwei Einzelkinder geworden.

Auf dem Heimweg mache ich mir Sorgen, weil ich zum Weinfest Wein getrunken habe. Auch an den Abenden zuvor trank ich wie immer zwei Gläser Rotwein. Alkohol schadet dem Ungeborenen. Doch eigentlich will ich dieses Kind nicht. Es kommt zu spät. Viel zu spät. Marie ist Siebzehn und macht im nächsten Jahr ihr Abitur. Danach will sie studieren, ins Ausland gehen und irgendwann eine eigene Familie gründen. Es wäre dumm von mir, jetzt noch einmal ein Kind aufziehen zu wollen. Zwar bin ich jung, doch nicht jung genug für ein neues Kind, aber jung genug, um jetzt in vollen Zügen mein Leben zu genießen, reisen, um die Welt fliegen, Abenteuer erleben. Nein, ich will dieses Kind nicht. Ich werde es wegmachen lassen.
Plötzlich befällt mich Angst, die mir in die Beine fährt. Ich muss mich setzen. Doch das halte ich nicht lange aus. Ich laufe in der Küche hin und her, schiebe einen Stuhl zurecht und beschließe, die Pfannen abzuwaschen, die auf dem Fensterbrett stehen. Sie passen nicht in die Spülmaschine. Da ich sie täglich brauche, spüle ich sie nach dem Benutzen nur kurz ab und lasse sie danach einfach

stehen. Das sieht nicht schön aus, aber mich stört
es nicht.

Mich stört, dass ich Timur sagen muss, dass ich
schwanger bin. Was wird er sagen? Und was wird
er tun?

Ausgerechnet heute kommt er nicht pünktlich wie
gewohnt nach Hause. Ich habe schon zwei Gläser
Wasser getrunken und ein Eis gegessen – ohne
den üblichen Schuss Eierlikör obendrauf.
„Ich stehe im Stau! Seit einer Stunde schon. Mein
Thermometer zeigt 38 Grad“, schreit Timur ins Te-
lefon. „Die sagen im Radio nur Müll an. Ich hätte in
Mitte leicht runterfahren können. Nun sitze ich hier
fest.“
„Bleib ruhig! Du kannst es nicht ändern. Ich warte
mit dem Essen auf dich.“
„Nicht nötig. Ich fahre gleich zu meinen Eltern.“
Das gibt mir Aufschub. Ich muss also heute nicht
mit ihm reden. Aber wird es morgen besser? Auf-
geschoben ist nicht aufgehoben. Je länger ich war-
te, desto schwerer wird es mir fallen, Timur vom
Baby zu erzählen.
„Was ist?“
Timur klingt ungeduldig.
„Ich … Ich wollte dir nur etwas Wichtiges sagen.“
„Dann sag es!“
Ich räuspere mich und höre ihn seufzen.
„Am Telefon geht das nicht.“

„Es geht. Du musst nur wollen."
Ich lege auf, obwohl ich weiß, dass ihn das wütend macht. Aber ich weiß nicht, wie ich es sagen soll. Ich bin schwanger, klingt zu brutal. Liebling, wir bekommen ein Kind, ist auch nicht besser. Würdest du noch einmal Vater werden wollen? Schwachsinn. Freue dich, wir bekommen ein Baby! Warum nur habe ich aufgelegt? Er sitzt irgendwo weit weg von mir in seinem Auto und ich muss ihn nicht ansehen bei meinem Geständnis. Wäre er wütend geworden, hätte ich immer noch auflegen können. Bis er daheim ist, hätte er sich beruhigt. Das wäre eine wirklich gute Gelegenheit gewesen, die sich so schnell nicht noch einmal bietet.
Ich sollte etwas essen. Aber schon beim Gedanken an Brot und Wurst wird mir übel. Deshalb ist es gar nicht verkehrt, dass ich heute allein bin und kein Abendessen zubereiten muss. Marie kommt heute auch nicht nach Hause. Sie fährt mit ihrer Freundin zum Fußballspiel nach Dresden. Ich mag weder Fußball noch Dresden. Und Timur mag nicht, wenn seine Tochter am Abend nicht daheim ist. Doch heute schaut er zusammen mit seinen Freunden ebenfalls Fußball. Ich werde den ganzen Abend allein sein, Schokolade essen und Wein trinken. Ach nein! Wein lieber nicht. Andererseits will ich das Kind nicht, also doch Wein?

„Du bist so unruhig. Was hast du?", fragt Timur am

Frühstückstisch.

„Nichts", murmle ich und beiße in mein Brötchen.

Sofort wird mir übel. Ich kann jetzt nichts essen, mein Magen rebelliert schon heftig. Ich kann aber auch nicht weglaufen. Während einer Mahlzeit soll man keine Probleme diskutieren, weil das kein guter Zeitpunkt ist, schon gar nicht für mein Geständnis. Außerdem ist heute Samstag und wir wollen wie jeden Samstag ins Kaufland fahren. Ich mag das Kaufland nicht, weil mir das Angebot viel zu übertrieben ist. Mir sagen kleine, übersichtliche Märkte eher zu. Im Gegensatz zu mir liebt Timur Einkäufe, sogar Lebensmittel wählt er mit großer Umsicht aus. Was ist an einem Bund Radieschen so besonders, dass er ihn drei Mal umdreht, bevor er ihn in den Einkaufswagen legt? Was wird eigentlich aus all dem vielen Obst und Gemüse am Abend, wenn es nicht verkauft wurde? Werfen sie es weg? Wird es gespendet oder am nächsten Tag neu angeboten? Mich irritieren die vielen Aktionen! Einige Angebote gibt es ab Montag, andere gelten nur am Donnerstag und wieder andere nur am Wochenende. Mir ist gleichgültig, ob die Ware im Angebot ist oder nicht, wenn ich sie brauche, kaufe ich sie. Doch Timur hat sogar eine App, um kein Angebot zu verpassen. Ich habe keine Lust, ihn zu begleiten, zumal er stur nach dem Einkaufszettel vorgeht und wütend wird, wenn ich mich *nur so* in den Regalen umschaue.

Mir wird klar, dass es nie einen guten Zeitpunkt für mein Geständnis geben wird.

Also hole ich tief Luft und flüstere: „Ich war beim Arzt."

„Bist du krank?", fragt Timur besorgt und legt sein Messer zur Seite.

„Ich bin schwanger."

Nun ist es raus. Ich spüre, wie meine Wangen brennen und der Kloß in meinem Hals immer dicker wird.

Timur starrt mich mit offenem Mund an. Hat er nicht verstanden?

„Warum sagst du nichts?", frage ich halb ängstlich und halb wütend.

Plötzlich springt er auf, zieht mich vom Stuhl, packt und drückt mich und wirbelt mich im Kreis herum.

„Hör auf!", schreie ich auf vor Schreck und quieke gleichzeitig vor Erregung. „Alles noch einmal von vorn? Windeln? Aufstehen in der Nacht? Und das in unserem Alter? Ich weiß nicht, ob ich das will."

„Aber ich weiß es", sagt Timur sehr bestimmt. „Bei Mascha waren wir zu jung für das Kind. Ich habe ihre ersten fünf Jahre gar nicht mitbekommen durch mein Studium. Du auch nicht wegen deiner Ausbildung. Eigentlich hat deine Oma Maschenka großgezogen."

„Ich weiß. Es ging halt nicht anders."

„Und jetzt haben wir die Möglichkeit, all das nachzuholen. Das ist unsere große Chance."

Ich schüttle den Kopf und sage heftig: „Nein!" Das
Nein kam härter heraus als beabsichtigt. „Marie
wird im nächsten Jahr studieren. Sie wird ausziehen und in einer anderen Stadt leben. Wir hätten
dann endlich Zeit ganz für uns und könnten reisen." Weil Timur nichts sagt, sondern nur vor sich
hin kichert, locke ich weiter: „USA. Norwegen. Australien."
„Was soll ich in Australien?", ruft er lachend aus.
„Kasachstan! Mit dem Baby geht das nicht."
Ich weiß, dass das ein eher verzweifelter Versuch
ist, denn ich habe Timur nur ein einziges Mal nach
Öskemen begleitet und ihm gesagt, dass ich kein
zweites Mal mitfliege. Er umarmt mich und schaukelt mich hin und her, als wäre ich ein Kind.
„Es wird wunderbar sein, ein Baby im Haus zu
haben."
So recht kann ich nicht daran glauben, doch Timurs unbändige Freude steckt an.
„Meinst du wirklich?", frage ich unsicher, obwohl
ich mir längst vorstelle, wie es ist, ein kleines Kind
im Arm zu halten. Timur hat Recht: Wir haben
diese Zeit bei Marie verpasst und waren damals
nicht traurig darüber. Sie wuchs bei meiner Oma
auf und lernte bei ihr das Laufen, Sprechen, Essen
und vieles mehr. Das war mir nie wirklich bewusst.
Erst kurz vor ihrem Schulanfang kam sie zu uns
und wir wuchsen recht mühsam zu einer normalen
Familie zusammen.

Ich strahle Timur an, will aber nicht so schnell nachgeben.

„Wir müssen vernünftig bleiben", bremse ich ihn.

„Vernünftig? Wozu vernünftig?" Timur lacht. Dann setzt er ernst hinzu: „Vernünftig wäre, wenn du endlich mit deinen Eltern sprichst."

„Was haben die damit zu tun?", frage ich entsetzt.

„Es wäre ein guter Anlass. Außerdem solltest du endlich Frieden mit ihnen schließen."

Das sagt Timur oft, aber ich will nicht. Wozu soll das gut sein nach all den Jahren?

*****

„Marie, wir erwarten ein Kind."

Marie lacht. Sie beugt ihren Kopf nach hinten und lacht, bis ihr die Tränen in die Augen steigen.

„Was ist daran so witzig?", schnauzt Timur.

„Oder ist es dir peinlich?", frage ich ängstlich.

Für Marie bin ich alt. Ich bin ihre Mutter und Mütter sind immer alt, zu alt für Sex und viel zu alt für ein Baby. Verzweifelt suche ich in meinem Kopf nach all den Worten, mit denen ich ihr die neue Situation schmackhaft machen könnte. Aber mir fällt kein einziges ein.

Plötzlich bricht Marie in Tränen aus und kriecht auf Timurs Schoß, als wäre sie noch ein kleines Mädchen. Er streichelt über ihre langen Haare und tupft mit seinem Shirt ihre Tränen ab.

„Was ist daran so schlimm, Maschenka, mein großes Baby?“

„Baby“, schluchzt Marie.

„Ein Baby ist doch schön.“ Timur hebt ihr Kinn und
sieht ihr in die Augen. „Für dich ändert sich nichts.
Das Baby bleibt in unserer Schlafstube, bis wir
eine größere Wohnung gefunden haben.“

„Alles ändert sich.“ Marie weint heftiger. „Alles! Für
mich noch viel mehr als für euch.“

„Aber nein, du Dummerchen. Du gehst weiter zur
Schule, machst dein Abitur und studierst.“

Marie schlägt ihre Hände vors Gesicht und stammelt: „Ich … Ich … Ich bekomme auch ein Kind. Im
Februar.“

„Wie ist das möglich? Du bist noch ein Kind!“, rufe
ich entsetzt aus.

Marie lacht und weint gleichzeitig. Timur tätschelt
ihren Rücken und schiebt sie dann von seinem
Schoß.

„Ich hatte gehofft, ihr helft mir.“

„Natürlich helfen wir dir.“

Timur hat gut reden. Er geht zur Arbeit, zum Sport
und zu seinen Freunden. Mit Frauensachen hat er
nichts am Hut.

„Du gehst noch zur Schule und willst nach dem Abi
studieren“, erinnere ich Marie.

„Ausgerechnet *du* machst mir Vorwürfe, obwohl du
nicht älter warst als ich, als du mit mir schwanger
warst.“

Marie hat Recht. Ich war wie sie erst siebzehn, als ich schwanger wurde, allerdings bereits achtzehn bei der Geburt. Das heißt, ich konnte für mich und mein Kind selbst entscheiden. Wenn Marie ihr Kind bekommt, ist sie noch nicht volljährig. Ich weiß nicht, wie das heute gehandhabt wird.

„Musst du den gleichen Fehler machen wie ich?", blaffe ich sie an.

„Ich kann es wegmachen lassen. Einen Termin für den Abbruch habe ich bereits, aber ich … ich traue mich nicht."

Wieder weint Marie und ich weine mit.

„Ich konnte damals nicht abtreiben, weil ich die Schwangerschaft zu spät bemerkte."

„Du wolltest mich wegmachen lassen?"

In ihren Augen sehe ich blankes Entsetzen.

„Ich war so jung wie du und ging noch zu Schule. Was sollte ich mit einem Kind?" Ich ergreife Maries Hand. „Erst viel später begriff ich, was ein Kind für ein Glück bedeuten kann." Prüfend schaue ich sie an. „Willst du das Kind bekommen?"

Sie zuckt mit der Schulter und mir wird klar, dass sie ebenso unsicher ist wie ich damals.

„Für mich war es schlimm, meine Eltern zu verlassen und bei meiner Oma Unterschlupf zu suchen. Oma half mir in dieser schweren Zeit. Ich war viel zu jung, um mich um dich richtig zu kümmern. Oma hat mir vieles abgenommen. Ich konnte sogar eine Lehre machen."

„Bei Oma habe ich mich sehr wohl gefühlt. Sie war meine wirkliche Mutti."

Ich erinnere mich daran, wie schwer Marie der Umzug in unsere gemeinsame Wohnung fiel. Sie vermisste die Oma und lief bei jeder sich bietenden Gelegenheit zu ihr. Marie ließ sich mit keinem Besuch im Kino oder Freibad locken, immer wollte sie lieber zu ihrer „Mutti". Mich hat das damals sehr verletzt, weil sie meine Oma mehr liebte als mich.

„Mutti wird sich über mein Kind freuen", sagt Marie trotzig.

„Natürlich wird sie das, aber helfen kann sie dir in dem hohen Alter nicht mehr."

„Was ist eigentlich mit dem Kindsvater?", erkundigt sich Timur.

„Nichts. Was soll mit ihm sein?"

„Steht er zu dir und eurem Kind?"

„Pff!" Marie winkt ab, als wäre der Mann nicht wichtig. „Er weiß es nicht und wird es nie erfahren."

„Marija! So läuft das nicht."

„Ich war betrunken und kenne den Typ gar nicht. Ich will ihn auch nicht kennenlernen."

„Aber für ein kurzes Vergnügen im Bett war er gut. Und nun hast du ein Problem. Und zwar allein."

„Was denn für ein Problem? Ich lasse das Problem ruckzuck entfernen. So einfach ist das."

„So einfach ist das eben nicht. Wir wollten so früh auch kein Kind, aber wir wollten zusammenbleiben und heiraten."

Wieder lacht Marie. Dieses Mal klingt es boshaft.

„Früher war das eben so."

„Das hat nichts mit *früher* zu tun, sondern mit Verantwortung", erklärt Timur.

„Ich heirate jedenfalls nie! Niemals! Ich lege mir doch nicht selbst Fesseln an. Ich will frei bleiben, mein eigener Herr."

Ihr eigener *Herr* also, wo sie doch sonst immer auf die korrekte Geschlechterbezeichnung achtet.

„Mit einem Kind bist du nicht mehr frei, schon gar nicht, wenn du es allein großziehen willst."

„Wie gesagt: Ich kann es wegmachen lassen. Eure Moralpredigt brauche ich nicht."

„Wir fühlen uns jedenfalls nicht gefesselt in unserer Ehe."

„Ihr merkt es schon selbst nicht mehr oder wollt es nur nicht zugeben."

Ich schaue Timur an und überlege, ob er sich in unserer Ehe gefesselt fühlt. Fühle ich mich eingeengt? Darüber habe ich noch nie nachgedacht. Nein, das würde ich merken.

„Wenn du das Kind nicht willst … Es ist deine Entscheidung. Doch ich würde noch einmal gründlich darüber nachdenken. Es ist schließlich ein Kind, das du abtreiben willst. Andererseits bist du nicht volljährig, auch nicht, wenn das Kind da ist."

„Na und?"

„Erst mit Achtzehn kannst du über dich und dein Kind bestimmen, vorher sind *wir* für dich verant-

wortlich und das Jugendamt für dein Kind.“
„Wie bitte? Seid ihr noch ganz bei Trost?“
„Wir wollen nur, dass du deine verzwickte Situation begreifst.“
„Schon gut, ich habe verstanden.“
Doch was genau Marie verstanden hat, sagt sie nicht. Sie geht in ihr Zimmer und ich höre, wie sie den Schlüssel zwei Mal umdreht und die Musik laut aufdreht.
„Alles wiederholt sich“, sage ich zu Timur. „Unsere Tochter wird genau wie ich viel zu früh schwanger und kann sich nicht selbst um dieses Kind kümmern.“
„Aber du hattest mich. Marie hat keinen Vater für ihr Kind.“
Das stimmt nur zum Teil, denn im Grunde hat mir und unserem Kind nur meine Oma geholfen. Timur studierte. Immerhin haben wir geheiratet und führen heute eine gute Ehe.
„Sie hat uns“, sage ich.
Marie kommt in die Küche, öffnet den Kühlschrank und holt den Topf Spaghetti hervor, der vom Mittag übrig geblieben ist. Sie stellt eine Pfanne auf den Herd, gibt Olivenöl hinein und dann die Nudeln. Ich möchte ihr helfen, Wurst und Tomaten schneiden, aber Marie dreht uns den Rücken zu, poltert mit Geschirr und will offenbar nicht mit uns reden. Also bleibe ich sitzen. Wir essen immer zusammen – bisher jedenfalls. Dass sie allein essen will, kränkt

mich sehr.

Tief hole ich Luft und weiß nicht, ob ich so schnell eine so schwerwiegende Entscheidung treffen darf, die mir gerade durch den Kopf schießt.

„Ich werde drei Jahre Elternzeit nehmen und dabei nicht nur mein Kind betreuen, sondern auch das von dir, Marie. Wenn du willst.“

Marie dreht sich um, schaut mich mit offenem Mund an und fällt mir schließlich um den Hals.

„Das würdest du tun?“

Ich lächle und schaue fragend zu Timur. Er lächelt zurück und nickt mir zu.

„Auch unser Kind kommt im Februar. *Wie im Mai die Liebe war, das zeigt sich stets im Februar.*“

Ich lache, aber keiner lacht mit.

Die ganze Nacht über geht mir so vieles durch den Kopf und ich finde keinen Schlaf. Ich wollte kein Kind mehr und verspüre keine Lust, mich jede Stunde nach den Bedürfnissen eines Babys zu richten. Mir graut vor mehr als zwanzig Jahren Verantwortung. Viel zu schnell habe ich Timur zugestimmt, unser Kind auszutragen und mich schon fast darauf gefreut. Jetzt ist alles anders, denn auch Marie erwartet ein Kind und ich habe ohne nachzudenken angeboten, mich drei Jahre lang um dieses Kind zu kümmern. Dabei wollte ich mein Leben mit Timur genießen. Und jetzt halse ich mir nicht nur für mein Kind Verantwortung auf, sondern auch noch für ein zweites. Das ist nicht klug. Doch mir fällt keine bessere Lösung ein. Trotzdem packt mich die Angst.

Am Morgen hätte ich schwören können, die ganze Nacht kein Auge zugemacht zu haben. Doch das Bett neben mir ist leer. Timur ist ohne gemeinsames Frühstück zur Arbeit gefahren und ich habe nichts gemerkt.

*****

Wieder ist Samstag. Und wieder fahren Timur und ich ins Kaufland, um den Wocheneinkauf zu besorgen. Ich mag diese riesige Halle nicht mit all den vielen Leuten. Aber Timur fühlt sich wohl hier, weil wir hier immer alles bekommen, was auf unserer Einkaufsliste steht. Er stellt seinen Wagen mitten im Gang ab und schaut sich gelassen um, damit er nichts vergisst und nicht noch einmal einige Meter zurückgehen muss. Mir ist das peinlich, weil er ständig irgendwem im Weg steht. Timur merkt das nicht und wundert sich nur, dass ich jedes Mal den Wagen eilig an den Rand schiebe. Mich ärgert jeder, der gedankenlos im Weg steht. Timur nicht. Er geht einfach um die Leute herum.

Wir stehen an der Fleischtheke und ich bin froh, dass mir nicht mehr bei jedem Wurstgeruch die Galle hochkommt. Die Theke ist gut zwanzig Meter lang und sehr appetitlich mit frischen Wurstsorten und Fleisch bestückt. Eine Verkäuferin sehe ich nicht und schaue mich um. An die Wursttheke schließt die fast ebenso lange Käsetheke an und danach der Fischstand. Dort bedient eine Verkäuferin und kommt anschließend zu uns.

„Sind Sie ganz allein?", frage ich mitfühlend.

„Leider. Uns fehlt Personal. Keiner mag hier stehen und sich von den Kunden beschimpfen lassen."

„Wieso beschimpfen?"

„Die Menschen reagieren boshaft und ungehalten. Viele meiner Kollegen haben deshalb gekündigt, die anderen arbeiten wie ich nur vier Stunden. Länger hält man hier nicht aus."

Zum Schluss fügt sie an, dass sich Arbeit sowieso nicht mehr lohnt, zumal das Bürgergeld schon wieder erhöht wurde. Das Amt übernimmt schließlich auch die Miete mit Nebenkosten und zahlt die Krankenkasse. Zusammengerechnet sei das mehr, als sie im Monat mit ihrer Arbeit verdient, da sie für die Miete selbst aufkommen muss.

Sonntags gelingt es Timur hin und wieder, mich zum Wandern zu überreden. Ich mag nicht stundenlang durch Wald und Feld laufen. Mir ist ein Stadtbummel lieber oder ein gemütlicher Spaziergang um den Schlossteich und hinterher ein Eis im Milchhäuschen schlecken. Auch im nahen Zeisigwald gibt es ein kleines Café. Doch Timur will in kein Café, er will wandern.

So wie heute. Wir fahren hinauf ins Gebirge. Ich habe Schnitten mit Salami und Käse eingepackt, außerdem eine Banane und Apfelschorle. Lieber wäre ich daheim geblieben und hätte etwas Leckeres gekocht. Aber Timur liebt die Sonntage in der Natur und möchte am liebsten den ganzen Tag unterwegs sein. Wir parken in Scharfenstein und steigen einen steilen Berg hinauf. Mit meinem schon recht runden Babybauch fällt mir das Laufen bergan schwer und ich keuche.

„Ich brauche eine Pause!", fordere ich und zeige auf die Bank am Waldrand.

„Wir sind doch gerade erst losgegangen. Lass dich nicht so hängen!"

„Außerdem reiben die neuen Wanderschuhe sehr unangenehm oberhalb der Ferse."

Die Schuhe hat Timur extra für mich auf Amazon bestellt und erwartet, dass ich mich darüber freue.

„Du willst nur nicht laufen", unterstellt er mir.

Seufzend schleppe ich mich weiter. Der Weg führt durch den Wald und dann über ein Feld hinab zum Zschopaufluss, auf der anderen Seite wieder steil hinauf. Ich denke an Marie, die bis Mittag im Bett liegen und sich dann ein Müsli einrühren oder eine Pizza bestellen wird. Ich beneide sie und hätte es gern selbst so gemütlich. Als wir endlich oben sind und ich auf einer Bank sitze, reicht mir Timur eine Schnitte. Doch ich bin so erschöpft, dass ich mich nicht überwinden kann, in das Brot zu beißen.

„Weißt du noch, dass es ganz in der Nähe unsere frühere Lieblingsgaststube gibt?", erinnere ich Timur und hoffe, er ist ausnahmsweise bereit, in einer Gaststube zu Mittag zu essen.

Dort könnte ich in Ruhe entspannen und vielleicht eine kleine Mahlzeit genießen.

„Ja, die *Linde*. Aber die mögen wir nicht mehr."

Das stimmt. Wir wollten vor einigen Jahren mit Marie, Oma und Timurs Eltern einen Tisch für das Adventsessen bestellen. Aber im Internet hieß es, die Enkelin habe die Küche übernommen und biete besondere französische Feinkost an. Französische Feinkost im Erzgebirge - das passt gar nicht. Den Gasthof mochten wir wegen seiner erzgebirgisch traditionellen Küche. Auf die berühmte Holunderbeersuppe freuten wir uns immer ganz besonders.

„Ich mag nicht mehr laufen und mag auch das Brot nicht. Jetzt würde ich sogar französische Häppchen essen", jammere ich.

Timur lacht.

„Also gut. Wir geben dem Gasthof seine Chance. Falls wir nicht zufrieden sind mit den französischen Häppchen, beschweren wir uns so laut wir können."

Zufrieden wandere ich weiter, obwohl bis zum Gasthof noch eine Stunde Weg vor uns liegt. Zum Glück geht es nicht mehr bergauf, sondern immer leicht bergab.

Die Speisekarte wundert uns, denn darauf lesen
wir genau die einfachen erzgebirgischen Gerichte,
die wir mögen. Ich bestelle einen Buttermilchgetzen und Timur ein Lammkotelett.
„Haben Sie den Gasthof übernommen?", frage ich
die Bedienung.
„Ja. Oma hilft nur, wenn viel Betrieb ist."
„Im Internet stand, dass die Enkelin nur noch moderne französische Küche anbietet."
„Aber nein!", ruft sie aus. „Wir sind ein Traditions-
betrieb und werden nichts daran ändern."
Die junge Frau erklärt, dass viele Dorfgasthöfe *Linde* heißen, weil sich die Häuser meist in der Orts-
mitte nahe der Linde befinden. Vor einigen Jahren
haben sich fünf Dörfer zu einer Gemeinde zusam-
mengeschlossen und drei haben einen Gasthof
Zur Linde. Das verwirrt natürlich.
„Dann können wir wieder öfter hierher kommen",
verspricht Timur.
Während der Adventszeit zur Holunderbeersuppe,
Buttermilchgetzen, Schwammebrieh, Quarkkließ,
Klitscher und Wildgerichten habe ich nichts dagegen. Allerdings bin ich schwanger und werde später mit zwei Säuglingen oder kleinen Kindern nicht
in einem Gasthof einkehren.
Übers Feld pfeift ein kalter Wind und wirbelt die
bunten Herbstblätter durch die Luft. Ich trete beim
Einsteigen ins Auto auf einen der vielen Laubhau-
fen. Doch der gibt nach! Er hat nur eine sehr tiefe

Pfütze verdeckt und ich versinke bis zum Knöchel im kalten Nass. Zum Glück passiert das vor der Heimfahrt und nicht vor der Wanderung, denn mit nassen Füßen in ebenso nassen Schuhen wäre ich nicht mitgelaufen.

*****

Ich träume, dass ich durch unzählig viele Räume laufe. Sie alle sind völlig leer, ganz ohne Möbel, aber voller Menschen, die meine Schminktaschen betrachten und ausräumen. Ich will das nicht. Ich suche nach den richtigen Farben für meine Augen. Die Lippen habe ich bereits dunkelrot geschminkt. Ich bin nervös, weil ich mich beeilen muss, aber wie im Bett festgeklebt bin. Es ist fünf Minuten vor ein Uhr und ich habe keine Zeit. Ich weiß, dass ich träume und wundere mich im Traum, dass ich von Schminke träume, da ich mich niemals schminke.
Make up ist in der Traumdeutung ein Symbol für Täuschung. Das passt nicht zu mir. Ich verstelle mich nicht und mache niemandem etwas vor, mir schon gar nicht. Wer sich selbst schminkt, wird sich angeblich bald verteidigen müssen. Wovor und vor wem? Mir gefällt der Traum nicht. Ich beschließe, ihn zu verändern und besser zu machen. Dazu ersetze ich die Schminke durch Pinsel und Farben und male ein altes Bauernhaus.
Als ich wach werde, sehe ich den Traum als Zei-

91

chen, als Hinweis, dass ich wieder malen soll, was ich schon lange nicht mehr getan habe. Und zwar genau dieses Bauernhaus aus dem Traum. Früher malte ich jeden Tag etwa eine Stunde.

Ich suche in meinem Schrank nach der Kiste mit dem Schulmalkasten, Pinsel und Zeichenblock und setze mich mit all meinen Schätzen erwartungsvoll an den Küchentisch. Mit geschlossenen Augen versuche ich, mich an das Bauernhaus aus meinem Traum zu erinnern. Doch das Bild will sich nicht einstellen. Es ist merkwürdig, im Traum kann ich denken und sogar meinen Traum verändern, doch bei Tageslicht ist alles verschwunden, auch das schöne Bauernhaus. Mir bleibt nur, im Internet nach einem Gebäude mit Bäumen im Herbstlaub zu suchen und es abzumalen. Bunte Blätter sind mir jetzt im Herbst wichtig, denn mein Bild soll zur Jahreszeit passen. Mit teuren Künstler-Aquarell-farben komme ich nicht zurecht, weil sie gemischt mit viel Wasser das Bild verklecksen. Deshalb verwende ich lieber einfache Schulmalfarben, mit denen ich die Farbverläufe besser steuern kann. Ich male mit sehr wenig Wasser, weil ich klare Lini-en und klare Aussagen bevorzuge. Meine Bilder wirken trotzdem zart und transparent.

Meist träume ich vom Fallen. Dabei werde ich aufgefordert, von einem Hochhaus zu springen. Ich weigere mich, weil ich fürchte, den Aufprall nicht zu überleben. Doch ich *muss* springen. Also springe ich und falle und falle ... und werde wach, bevor ich auf dem Boden aufschlage. Es heißt, wer vom Fallen träumt, ist unsicher und hat Angst, die Kontrolle zu verlieren. Wovor habe ich Angst? Ich fürchte mich vor meiner eigenen Courage, bald zwei Kinder großzuziehen. Was habe ich mir nur dabei gedacht? Doch eine andere Möglichkeit habe ich nicht gesehen, als auch Marie schwanger wurde. Ich hoffe nur, dass ich mit meiner spontanen Idee weder mir noch den Kindern schade.

Oma hat versprochen, mir beizustehen. Sie ist zwar schon sechsundachtzig Jahre alt, aber für ihr Alter recht fit. Timur mag bei der Geburt nicht dabei sein. Das sei reine Frauensache. Ich könnte seine Mutter bitten, aber das will ich nicht.

Oma besuche ich so oft es geht. Meist bleibe ich nur eine Stunde und schaue, ob ihr etwas fehlt und was ich vielleicht helfen kann. Wir reden über die Familie, das Essen, das Leben mit zwei Babys und vor allem über die bevorstehende Geburt.

Ich muss nun oft zur Toilette, weil das Gewicht des Fötus auf die Blase drückt. Statt normalem Klopapier liegen bei Oma wie früher Zeitungsstreifen auf einem Schemel neben der Kloschüssel.

„Morgen bringe ich dir ordentliche Klopapierrollen mit", biete ich an.

„Lass das, Lenchen! Die Rollen sind seit einiger

Zeit viel schmaler geworden und vor allem dünner. Selbst vierlagiges Papier kannst du viermal falten und hast doch ..."
„Sag es nicht!"
Im Grunde hat sie Recht. Aber Zeitungspapier mag ich trotzdem nicht benutzen.

Alltag

Großeltern können das Sorgerecht ihres Enkels erhalten, aber nur, wenn die Eltern verstorben sind oder ihnen das Recht entzogen wurde. Beides ist in unserem Fall nicht gegeben. Trotzdem sprechen wir im Jugendamt vor, um das Sorgerecht für den zu erwartenden Enkel zu erhalten. Wir erklären, dass ich ebenfalls schwanger bin und im gleichen Monat wie unsere Tochter ein Kind erwarte. Ich werde während der ersten drei Jahre die Elternzeit nutzen und daheim bleiben und somit Marie den Schulabschluss und ein anschließendes Studium ermöglichen. Danach arbeite ich verkürzt, während die Kinder in einer Kita untergebracht sind. Wenn Maries Studium abgeschlossen ist, wird sie die Sorge ihres Kindes selbst übernehmen. Bereits im nächsten Monat ziehen wir in eine Wohnung mit fünf Zimmern, die sogar eine günstigere Kaltmiete hat als unsere aktuelle Drei-Raum-Wohnung. Obwohl unsere Argumente gut aufgenommen werden, müssen wir beim Familiengericht einen Antrag auf Übertragung der Vormundschaft stellen. Das nennt sich allerdings nicht Antrag, sondern Anregung. Das Jugendamt gibt eine Stellungnahme ab, doch die Entscheidung liegt allein beim Gericht. Dabei ist die Sachlage in unserer Familie klar. Wäre Marie bei der Geburt volljährig, könnte sie bestimmen, bei wem ihr Kind aufwächst.

*****

Auf der Heimfahrt fallen mir die vielen Wahlplakate auf, die an jedem Laternenmast hängen, oft drei oder vier übereinander. Sie sind nicht von der Europawahl im Juni übrig geblieben, sondern werben für den Sachsen-Landtag.

Die Linke wirbt für *Heimat ohne Hass.* Das klingt gut, doch nur theoretisch. Denn selbst ich merke, wie abwertend sie über unsere Heimat sprechen. Die SPD hält ihre Kandidatin *Genau richtig für Sachsen.* Leider steht nicht dabei, was diese Frau auszeichnet. Auch die FDP wirbt mit dem Gesicht einer Frau und der Aufforderung *Mal eine Schulleiterin.* Warum sollte man eine Schulleiterin malen? *Nur Demokratie schafft Freiheit* wissen die Grünen. „Allerdings verstehen sie unter Demokratie nur ihre eigene Meinung und bekämpfen Andersdenkende", kommentiert Timur.

Er macht mich auf eines der wenigen AfD-Plakate

aufmerksam, eine Partei, von der ich nichts halte.

„Die AfD ist die einzige Partei, die für Demokratie, Frieden und unser Land einsteht."

„Was redest du da?", empöre ich mich. „Sie sind erwiesen rechtsradikal."

„Das dachte ich anfangs auch. Erst dieser offene Hass gegen die AfD hat mich dazu gebracht, mich mit ihren Programmen zu beschäftigen."

„Ich finde es ganz in Ordnung, wenn unsere Regierung vor diesen Nazis warnt. Sie sollten sie endlich verbieten."

„Findest du es in Ordnung, dass Diakonie und Caritas Mitglieder der AfD entlassen? Nicht, weil sie schlecht arbeiten, sondern weil sie die falsche Meinung haben. Oder wenn vor manchem Gasthaus das Schild *Kein Bier für Nazis* steht?"

„Woher hast du diese Lügen? Aus dem Internet?" Timur zuckt mit der Schulter.

„Es ist nie verkehrt, wenn man sich umfassend informiert."

Fassungslos schüttle ich den Kopf über Timurs Ansichten. Trotzdem überlege ich, ob es tatsächlich Gastwirte gibt, die nur Leute bedienen, die ihrer politischen Meinung entsprechen. Woran erkennen sie Andersdenkende? Mir fällt meine Kollegin Silke ein, die ihre Enkel nicht mehr sehen darf, weil ihre Tochter sie als Nazi-Oma beschimpft.

„Die Öffentlich-Rechtlichen", er verzieht abschätzig den Mund, „veröffentlichen nur die Vorgaben der

Regierung und nicht die Wahrheit."

„Woher willst du wissen, was wirklich wahr ist, wenn du die öffentlichen Informationen ablehnst?"

„Während der Coronapandemie habe ich begriffen, dass ich selbst nachdenken und forschen muss, um wirklich zu verstehen."

„Und wo forschst du? Etwa im Internet, wo nur Lügen verbreitet werden?"

„Die Menschen glauben stets, was sie glauben wollen und informieren sich dort, wo sie das erfahren, was ihre eigene Meinung bestätigt. So ist es, so war es und wird es immer bleiben."

Timur winkt mit der Hand ab und ich sehe ihm an, dass er verärgert ist. Ich seufze, weil er noch immer nicht mit diesem Thema abgeschlossen hat und mich mit Berichten über Fehlinformationen und Impfschäden nervt. Timur wollte sogar in seine Heimat auswandern, um diesen ganzen Maßnahmen zu entfliehen, die ich für wichtig hielt. Doch dazu ließ ich mich nicht überreden, weil ich mich in Chemnitz wohl und sicher fühle.

„Wir finden in Öskemen leicht eine vergleichbare Arbeit, auch eine gute Wohnung oder sogar ein Haus."

„Bist du verrückt? Das Land nennt sich zwar demokratisch, wird aber in Wirklichkeit autoritär regiert und es gibt keine Meinungsfreiheit."

„Na und? Ist das hier anders?"

„Wie kannst du so etwas auch nur denken?", empöre ich mich. „Wir leben in einer Demokratie, in der jeder sagen darf, was er möchte."

„Er muss nur die Konsequenzen tragen", ergänzt Timur.

Seit ich schwanger bin will Timur nicht mehr auswandern, da es in Kasachstan keine drei Jahre bezahlte Elternzeit gibt. Es gibt zwar Unterstützung, aber nicht in dem Maße, wie wir es hier kennen. Außerdem ist auch Marie schwanger und wir haben versprochen, uns um ihr Kind ebenso zu kümmern wie um unseres.

Das Wahlergebnis überrascht Timur nicht. Und doch ist er nicht wirklich zufrieden. Er sagt, wenn sich mehrere Minderheiten zusammenschließen, um Macht gegen die vom Volk gewählte Mehrheit auszuüben, ist es keine Demokratie mehr.

*****

Den Oktober empfinde ich als einen wahren Wonnemonat. Fast täglich scheint die Sonne, manchmal wird es nahe zwanzig Grad warm. Sogar der November beginnt mit herrlichem Herbstwetter, viel Sonne und bunt gefärbten Blättern. Meine Blumen auf dem Balkon blühen, als wäre noch Sommer.
Es soll Nachtfrost geben, weshalb mich Silke daran erinnert, die Pflanzen vom Balkon zu nehmen, zurückzuschneiden und in den Keller zu stellen.

98

Unser Keller ist gut isoliert, weshalb er im Winter nicht kühlt. Der Keller meiner Eltern im Gebirge dagegen bleibt das ganze Jahr über feucht und kühl und sie können darin Obst und Kartoffeln lagern. Das brauche ich nicht, weil sich mehrere Supermärkte in der Nähe befinden und ich jederzeit nachkaufen kann. So hielt ich es bisher auch mit meinen Pflanzen. Was verblüht war, warf ich in den Müll und kaufte neu. In diesem Jahr möchte ich versuchen, meine Pflanzen über den Winter zu retten und schneide beherzt alle Zweige zurück. Denn alles ist teurer geworden: Lebensmittel, Kleidung, Handwerk und auch Blumen.

„Stopp!", ruft jemand.

Ich schaue auf und sehe die Nachbarin auf ihrem Balkon stehen.

„Sie dürfen die Fuchsiazweige nicht abschneiden! Stellen Sie alle Töpfe in den Keller und entfernen Sie das Verdorrte erst im Frühjahr, wenn sich die ersten grünen Blätter zeigen!"

„Zu spät!", rufe ich zurück und zeige auf die vielen Zweige, die ich bereits entfernte.

Trotzdem werde ich den Topf von Timur in den Keller tragen lassen. Vielleicht blüht der schöne Busch im Frühjahr tatsächlich wieder.

Ich habe wunderbar von einer Wiese voller Blumen geträumt und freue mich über den schönen Traum. Im Zimmer ist es hell. Ich gehe ans Fenster und sehe den Mond, der hell wie eine Laterne leuchtet.

Dabei fällt mein Blick auf den Balkon und ich sehe sämtliche Töpfe darauf stehen, die Timur in den Keller tragen sollte. Mir sind sie zu schwer. Doch wenn nun tatsächlich Frost kommt und alle Pflanzen erfrieren? Ohne lange zu überlegen, schnappe ich einen Topf nach dem anderen und schleppe alle in den Keller. Normalerweise vermeide ich, in den Keller zu gehen. Aber heute muss es sein. Erst, als ich wieder zufrieden, aber völlig erschöpft in meinem Bett liege, weiß ich, wie unsinnig das war und muss kichern. Damit wecke ich Timur.
„Was ist denn los?", fragt er.
„Ich habe soeben alle Blumentöpfe in den Keller gebracht", berichte ich stolz.
„Du bist aber dumm!", schimpft Timur und schläft sofort wieder ein.
Aber ich kichere noch lange über meine törichte Aktion.

Geburt

Mitten in der Nacht werde ich wach und muss zur Toilette. Mich wundert, dass ich den Harndrang nicht stoppen kann. Plötzlich spüre ich im ganzen Unterleib und im Rücken einen starken Druck und ein unangenehmes Ziehen. Ich wärme Milch, gebe Kakaopulver und Honig hinein und hoffe, dass das Getränk beruhigt und ich wieder schlafen kann.

Doch kaum liege ich wieder im Bett, setzen die Wehen ein. Als die Abstände immer kürzer werden, wecke ich Timur und bitte ihn, mich in die Klinik zu fahren. Aber er steckt wohl in einer Tiefschlafphase und steht nicht auf.

„Beeil dich!", verlange ich energisch.

„Wann immer du dich im Leben beeilen musst, beeile dich langsam!", zitiert er einen kasachischen Spruch, der mich wütend macht und gleichzeitig zum Lachen bringt.

Und schon wieder ist mein Schlüpfer nass. Ob das bedeutet, dass meine Fruchtblase geplatzt ist? In Filmen platzt die Fruchtblase mit einem plötzlichen Schwall, bei mir tröpfelt es nur ganz wenig. Auf jeden Fall ist es ein sicheres Zeichen, dass die Geburt bereits begonnen hat.

„Wo fährst du hin?", frage ich aufgebracht und hechle eine neue Wehe weg.

„Du hast es eilig, also fahre ich zur Frauenklinik Flemmingstraße."

Eigentlich wollte ich ins DRK-Krankenhaus, weil das einen besseren Ruf hat. Doch das ist doppelt so weit entfernt. Kaum zehn Minuten später lässt mich Timur vor der Klinik aussteigen.

„Soll ich dir die Tasche tragen?", fragt er.

„Nein. Geht schon."

Ich weiß, wie sehr er Krankenhäuser verabscheut.

„Alles Gute!", ruft er noch und fährt davon.

Ich winke ihm nach, doch er dreht sich nicht um.

Am 17. Februar um 6:30 Uhr halte ich mein Baby im Arm und betrachte ergriffen das kleine Wunder. Mich überkommt ein überwältigendes Glücksgefühl, das ich so gar nicht kenne. Bei Maries Geburt war ich einfach nur froh, dass alles vorüber war und wollte nur noch schlafen.

„Wie heißt denn der kleine Prachtbursche?", erkundigt sich die Hebamme.

„Maksim."

Der Name Maksim ist in Kasachstan sehr beliebt und bedeutet groß. Timur wünscht sich einen Sohn, der schnell groß und erfolgreich wird. Doch dafür ist noch viel Zeit. Ich werde ihn Max rufen. Das ist einfacher und passt besser zu mir und zu Chemnitz. Mir gefällt, dass die Namen unserer beiden Kinder mit Ma beginnen: **Ma**rie und **Ma**ksim.

Überrascht blicke ich auf, als Timur am Nachmittag zur Tür herein kommt. Er will seinen Sohn sehen, ihn fotografieren und die Fotos der ganzen Familie schicken.

„Ich soll dir Grüße von Mascha bestellen."

„Warum kommt sie nicht mit?"

„Sie liegt im Kreißsaal."

„Oh!", rufe ich erfreut und gleichzeitig traurig aus, denn ich hatte versprochen, ihr bei der Geburt beizustehen.

Marie entbindet kurz vor Mitternacht, also ebenfalls

am 17. Februar, einen Jungen, den sie Jona nennt. Ich hielt Jona für einen Mädchennamen, weil er auf einem A endet. Marie erklärt, Jona bedeutet Taube und ist ein Symbol für Frieden und Hoffnung. Das gefällt mir, doch vermutlich hat Jonas die gleiche Bedeutung.

Viel Theater macht Marie um das Sternzeichen der Jungen. Wassermann. Diesen Menschen wird ein starker Charakter nachgesagt, sie denken unkonventionell und gleichzeitig analytisch und lieben das Außergewöhnliche. Das mag sein, aber ich gebe nichts auf Sternzeichen. Außerdem ist einer meiner Kollegen Wassermann, mit dem ich überhaupt nicht klar komme. Für mich ist er ein Snob, weil er so tut, als wisse er alles besser als alle anderen.

*****

Marie erholt sich von der Geburt recht schnell und geht bald wieder zur Schule, während ich mich um beide Babys kümmere. Viel Interesse an ihrem Kind zeigt sie nicht. Das verstehe ich gut, denn mir ging es damals ähnlich. Vielleicht liegt es am Alter, denn mit siebzehn ist man einfach zu jung für ein Kind.

Direkt nach ihrem Abitur zieht sie nach Darmstadt, um Innenarchitektur zu studieren. Sie hat ein Zimmer in einem Wohnheim, das 350 Euro Warmmiete kostet. Für so viel Geld bekommt man in Chemnitz eine komplette Zwei-Zimmer-Wohnung. Wir übernehmen die Miete und erfahren erst viel später zufällig, dass der Betrag vom BAFöG übernommen wird. Zusätzlich zahlen wir zweihundert Euro für ihren Lebensunterhalt. Timur steckt ihr außerdem einen Tausender zu, damit sie in Ruhe nach einem geeigneten Job suchen kann. Den findet sie recht schnell in einem Lager, wo sie an nur drei Vormittagen Kleinteile einsortiert. Sie erhält dafür mehr als den gesetzlichen Mindestlohn und das auch noch steuerfrei.

Darmstadt gilt als sehr weltoffen, denn von den rund 160.000 Einwohnern haben vierzig Prozent Migrationserfahrung. Drei Hochschulen für 40.000 Studenten halten die Stadt jung.

Erst zu Weihnachten kommt Marie nach Hause, will aber nur zwei Tage bleiben.

„Warum bleibst du nicht länger? Hast du keine Weihnachtsferien?"

„Nein, nur vorlesungsfreie Zeit."

„Ist das nicht das gleiche?"

„Ganz und gar nicht. Doch davon verstehst du nichts."

Irritiert schaue ich sie an. Hält sie mich für dumm, weil ich nicht studiert habe? Sie braucht mir nur zu erklären, wie ihr Studium in Darmstadt abläuft. Sie erklärt aber nichts, sie weicht aus. Ich glaube, sie sagt nicht die Wahrheit. Auch nicht, als ich sie nach ihrem Freund frage. Sein Name ist Jaspal. Solch einen Namen hatte ich noch nie zuvor gehört und frage, woher er kommt.

„Wie meinst du das?"

„Woher kommt er? Aus welchem Land? Wo ist er geboren?"

„Wie bitte? Ich fasse es nicht! Meine Mutter entpuppt sich als Rassist."

„Aber Marie! Ich will doch nur wissen, was für ein Landsmann dieser Jasper ist. Es interessiert mich."

„Jaspal! Er heißt Jaspal", zischt sie. „So eine Frage stellt man nicht. Sie kränkt."

„Sie kränkt nicht, sie zeigt Interesse. Hätte ich diese Frage deinem Vater nicht gestellt, als er mir in der Straßenbahn gegenüber saß, gäbe es dich gar nicht."

„Zu deiner Zeit war man eben gedankenlos, heute geht man respektvoller miteinander um."

„Besonders respektvoll schätze ich mein Mädchen gar nicht ein", sagt Timur lachend und umarmt Marie.

„Und woher kommt dieser Jaspal nun?"

„Jaspal heißt der Rechtschaffene."

Ich seufze, denn eine Antwort auf meine Frage war das nicht. Aber ich frage nicht weiter. Wer gekränkt auf seine Herkunft reagiert, hat wohl ein Problem mit seiner eigenen Identität.

Timur fällt vor allem wegen seiner Augen auf. Nur

deshalb sprach ich ihn damals an. Er erzählt sehr gern von seiner Heimat und ist stolz auf die alten Bräuche. Ich necke ihn damit, weil ich einige als Aberglaube empfinde. Mich wundert, wie stark er sich an Landschaften und Ereignisse erinnert, denn er war erst vier Jahre alt, als er nach Chemnitz kam. Vielleicht ist es tatsächlich so, dass man seine Heimat mitnimmt, wenn man sie gegen seinen Willen verlassen muss. Ich habe jedenfalls keine Sehnsucht nach Gelenau und alten Traditionen.

„Hast du während der Semesterferien mehr Zeit und bleibst länger daheim?"
Marie schüttelt den Kopf.
„Daheim? Ich lebe in Darmstadt. Das ist jetzt mein Zuhause." Ernst fügt sie hinzu: „Semesterferien sind nur ein Mythos, denn nach den Vorlesungen kommen die Prüfungen."
Das wusste ich nicht.
„Und Jona? Er kennt dich nicht."
Sie zuckt mit der Schulter.
„Er ist bei euch gut aufgehoben." Plötzlich schlägt sie mit der flachen Hand auf den Tisch. „Ab sofort bekomme ich jeden Monat einen Tausender."
„Das freut mich. Arbeitest du?"
Marie lacht.
„Schon. Aber das tut nichts zur Sache. Denn den Tausender bekomme ich von euch."
„Bist du jetzt übergeschnappt?", empört sich Timur.

Wortlos legt uns Marie eine Tabelle vor, laut der die Eltern 930 Euro Unterhalt zahlen müssen bis zum Abschluss des Masters, unabhängig vom Alter des Studenten. Theoretisch darf sie endlos studieren und wir müssen sie finanzieren. Zwar verdient Timur gut, aber ich erhalte zur Zeit nur 650 Euro Eltern- und 500 Euro Kindergeld. Davon gehen Miete, Lebensmittel, Versicherungen und das Auto ab. Und nun noch tausend Euro für Marie über drei endlos lange Jahre. Dann erst kommt sie zurück, sucht sich eine Arbeit und kann sich um ihr Kind kümmern. Bis dahin versorge ich die zwei kleinen Jungs allein. Vielleicht sollte ich jetzt schon arbeiten gehen und die Babys in die Krippe bringen. Das kostet nur 150 Euro im Monat für beide zusammen. Aber so hatten wir das nicht geplant und auch nicht besprochen.

*****

Timur hat das Angeln für sich entdeckt. Er bastelt seine Fliegen selbst, mit denen er die Fische fängt, was viel Zeit in Anspruch nimmt. Jede Woche fährt er an die Zwönitz, einem Flüsschen südlich von Chemnitz. Manchmal fahre ich mit den Kindern mit. Sie spielen im flachen Wasser, werfen Steine und Stöckchen hinein und bauen Schlammburgen. Wenn ihnen das Spiel langweilig wird, laufen wir durch den Wald zur Straße und fahren mit der

Straßenbahn zurück in die Stadt. Timur ist ohnehin lieber allein und die Jungs überaus begeistert von der Bahn.

Timur überlässt mir den Haushalt und die Kindererziehung. Mich stört das nicht, zumal ich ohnehin den ganzen Tag mit den Kindern daheim bin. Mir geht das Herz auf, wenn ich die Jungs so innig miteinander spielen sehe. Sie ähneln sich, sind beide gleich groß und haben braune Haare, aber verschiedene Augen. Max hat kleine braune Mandelaugen, bei Jona sind sie groß und blau. Jeder hält sie für Zwillinge, was nicht richtig ist und auch nicht wirklich falsch. Schließlich wurden sie am gleichen Tag geboren und wachsen gemeinsam auf. Trotzdem sind sie keine Zwillinge, sondern Onkel und Neffe. Max ist Jonas Onkel und Jona der Neffe von Max. Jona ist uns ebenso ein Sohn wie Maksim. Trotzdem waren wir erschrocken, als Jona Mama zu mir sagte, denn Marie ist seine Mutter und nicht ich.

„Sag Oma zu mir! O-ma.“

„O-ma“, plappert Jona nach.

Aber er ruft mich weiter Mama, während Max es lustig findet, mich Oma zu nennen. Bald finde ich es nervig, die Kinder ständig zu korrigieren. Deshalb bleibt es am Ende für beide Mama und Papa.

Jona nennt mich Mama, gestehe ich Marie per WhatsApp.

Na und? Bist meine Mutter wie seine, schreibt sie

zurück.

Ersatz-Mutter, korrigiere ich. *Bald bist Du wieder hier.*

Eigentlich bin ich glücklich über das Wort Mama. Marie nannte mich nie Mama oder Mutti, sondern von Anfang an Lena und ihren Vater Timur, weil alle Welt uns Lena und Timur nennt. Dafür sagt sie Mutti zu meiner Oma. Zuerst glaubten, das gibt sich von allein, wenn Marie bei uns lebt. Doch sie blieb bis heute bei unseren Vornamen.

*****

„Alles Gute zum Geburtstag", flüstere ich in Timurs Ohr und knabbere daran.

„Lass das!", brummt er.

„Was hast du?"

Statt mir zu antworten, zieht er seine Decke über den Kopf.

„Steh auf! Ich habe Rührei mit Speck gemacht zur Feier des Tages."

„Lass mich in Ruhe!"

Timur will nicht aufstehen. Dabei ist heute sein vierzigster Geburtstag. Ich lasse die Jungs in die Schlafstube. Sie springen sofort aufs Bett und werfen sich auf Timur.

Doch heute will er nicht wie sonst mit den Beiden toben. Er schiebt sie zurück.

„Zieht euch an!", befiehlt er.

Nach einer gefühlten Ewigkeit setzt sich Timur mit nacktem Oberkörper an den Tisch, obwohl er weiß, dass ich das nicht leiden kann. Doch heute ist sein Geburtstag und ich sage nichts.

„Der Papa tut den Ellenbogen auf den Tisch", kritisiert Jona.

Mahnend schaue ich Timur an, doch er blickt nicht auf und stochert weiter in seinem Rührei. Er lehnt sich auf seinen linken Unterarm, der komplett auf dem Tisch liegt. Auch der rechte Ellenbogen gehört nicht auf den Tisch, sondern nur die Hände bis zu den Handgelenken. Mir ist es wichtig, den Kindern gute Manieren beizubringen.

„Schmeckt es nicht?", frage ich verwundert, denn eigentlich mag Timur Rührei besonders gern.

Für mich habe ich keine Portion gemacht, nur die übliche Weißbrotschnitte mit Käse und Marmelade.

„Fertig!", kreischt Max und schiebt die Müslischüssel mit Schwung zurück.

Dann greift er zum Päckchen, das ich für Timur besorgt und liebevoll in blaues Papier eingeschlagen habe, und legt es seinem Vater in den Schoß.

„Da! Für dich! Mach auf!"

Die Jungs drängen sich näher an Timur, schubsen sich zur Seite, weil jeder zuerst sehen will, was in dem Päckchen verborgen ist. Timur reißt das Papier ab und lässt es achtlos zu Boden fallen. Zum Vorschein kommt eine Uhr mit einem breiten Edelstahlarmband. Die Jungs wenden sich ab, denn eine Uhr ist nicht interessant für sie. Sie sammeln das Papier auf, reißen es in kleine Stücke und bewerfen sich damit.

„Es ist eine russische Uhr der Marke Vostok“, erkläre ich stolz.

„Das sehe ich.“

„Gefällt sie dir?“, frage ich enttäuscht, denn ich hatte erwartet, dass Timur ausflippt vor Freude und mich stürmisch umarmt.

„Hmmm“, murmelt er.

Normalerweise trägt er eine Sportuhr von Samsung, die viele Funktionen bietet wie Schrittzähler, GPS, Verbindung zum iPhone und anderen Unsinn, den kein Mensch braucht, aber offenbar jeder haben muss. Doch ich glaubte, Timur schwärmt von den robusten russischen Uhren. Das hat er mir jedenfalls einmal gestanden.

„Was ist los?“, will ich wissen, erhalte aber keine Antwort. „Was los ist, habe ich gefragt.“

Timur seufzt und betrachtet seine Unterarme, obwohl darauf nichts zu sehen ist.

„Du hast heute Geburtstag!“ Ich lächle ihn an und hoffe, dass es echt aussieht. „Also freue dich!“

„Da gibt es nichts zu freuen. Vierzig“, schnauft er. „Ich werde alt.“

Jetzt muss ich lachen.

„Vierzig ist kein Alter. Außerdem siehst du gar nicht aus wie Vierzig.“

„Wie sieht man denn aus mit Vierzig?“

„Jedenfalls nicht so sportlich wie du", gebe ich zurück und betrachte ihn stolz.

Gern hätte ich ihn jetzt umarmt. Aber ich lasse es bleiben, weil ich weiß, dass er das nicht mag. Es ist es für einen Mann nicht schlimm, vierzig Jahre alt zu sein. Zwar ist er genauso in der Mitte des Lebens wie eine Frau mit Vierzig, doch Männer reifen, während es für eine Frau abwärts geht. Sie wird nicht mehr so wahrgenommen wie zehn Jahre zuvor, während der Mann ab Vierzig interessant wird. Ich habe kein Problem mit meinem Alter. Jedenfalls noch nicht. Doch vielleicht überkommt mich das große Jammern an dem Tag, an dem auch ich Vierzig werde.

„Soll ich dir etwas zu trinken einpacken?", frage ich, um das Thema zu wechseln.

Timur will heute mit seinen Freunden und seinem Bruder Bolat eine Radtour durchs Gebirge unternehmen. Er antwortet nicht. Im Grunde weiß ich, dass er nie Wasser oder spezielle Sportgetränke mitschleppt. Er würde nicht verdursten, wenn er mal einen Tag nichts zu trinken hat. Ich dagegen habe gern eine Flasche Apfelschorle dabei, wenn ich länger unterwegs bin, was Timur übertrieben findet. Nur, wenn ich sage, es ist für die Kinder, lässt er mich Saft und Müsliriegel einpacken.

„Du bist die Mutter und weißt am besten, was gut und richtig für die Kinder ist."

Gegen Abend plant Timur eine Feier in der *Hilbers-*

dorfer Höhe, einem Gartenlokal. Früher haben wir oft dort gefeiert, weil sich das Lokal in der Nähe befindet, die Speisekarte russische Gerichte anbot und der Lärm einer ausgelassenen Gesellschaft niemanden stört. Jetzt gibt es einen neuen Koch und einen anderen Besitzer und ich hoffe, dass wir nicht enttäuscht werden.

Timurs Eltern, Bolats Frau mit den Kindern, sein Bruder Serik und ich mit den beiden Jungs sollen dazustoßen. Die Jungs sind fröhliche Feste mit Timurs Familie gewöhnt, die oft bis spät in die Nacht gehen. Wenn sie müde sind, kriechen sie einfach unter einen Tisch und schlafen. Der Lärm der Erwachsenen stört sie nicht. Meist merken sie nicht einmal, wenn ich sie nach Hause ins Bett bringe.

Leider hat Timur auch meine Eltern eingeladen. Es ist *sein* Geburtstag und er bestimmt seine Gäste. Er findet, meine Eltern gehören zur Familie. Mein Vater trägt eine Cordhose und ein kariertes Hemd mit Lederweste, als würde er zur Arbeit gehen. Mutter fühlt sich fein mit ihrem dunklen Hosenanzug, während die Frauen aus Timurs Familie lange farbenfrohe Kleider und ganz viel Schmuck tragen. Die Männer bevorzugen lange Hemden, die über der Hose getragen werden und an eine Tunika erinnern. Ich habe mir Timur zuliebe ein leuchtend blaues Kleid gekauft.

Zuerst geht auch alles gut. Doch wie befürchtet bestimmt meine Mutter lautstark nach dem Essen:

„Es ist spät, die Kinder müssen ins Bett!"
Für sie gehören kleine Kinder 18 Uhr ins Bett, größere spätestens 20 Uhr und haben bei einer Feier
von Erwachsenen nichts zu suchen. Doch keiner
nimmt ihre Weisung ernst, die Feier geht ungehin-
dert weiter und meine Eltern verabschieden sich
noch vor 21 Uhr. Auch ich würde gern das Fest
verlassen, denn ich habe starke Kopfschmerzen,
weil ich nach wie vor keinen Lärm vertrage. Doch
das wäre sehr unhöflich. Erst wenn sich weitere
Gäste verabschieden, darf ich jemanden bitten, mit
mir die Jungs nach Hause zu tragen.

Gegen 1 Uhr torkelt Timur ins Schlafzimmer. Er ist
betrunken. Ich kenne das. Normalerweise singt er
fröhlich russische Lieder, wenn er betrunken ist.
Heute nicht. Heute steigt aus mühsam aus seiner
Hose, die er einfach am Boden liegen lässt und
sinkt ins Bett, ohne seine Tunika auszuziehen. Er
merkt nicht, dass ich noch wach bin und ihn beob-
achte.
Ist es möglich, dass ihn sein vierzigster Geburtstag
derart niederdrückt? Er ist ein Mann und gleichzeitig ein Kind. Und zwar ein recht abergläubisches,
was mich oft zum Lachen bringt. Zum Beispiel verlangt er, dass beide Jungs ein Amulett mit einem
blauen Auge tragen, damit der böse Blick von
ihnen abgewehrt wird. Er schaut immer in den Flur-
spiegel, bevor er das Haus verlässt. Anfangs hielt

ich ihn für eitel, aber der Blick in den Spiegel soll böse Geister vertreiben. Vor jeder Reise müssen sich alle hinsetzen und einige Minuten schweigen, damit es eine sichere Reise wird. Zuerst machte mich das stille Herumsitzen nervös, aber mit der Zeit merkte ich, wie gut es ist, sich noch einmal zu konzentrieren und nicht hektisch aus dem Haus zu stürzen.

Marie

Drei Jahre sind erstaunlich schnell vergangen und meine Elternzeit ist vorüber. Ich habe beide Jungs im Kindergarten angemeldet und werde ab März wieder arbeiten gehen.
Nach Ende der Lehrveranstaltungen hat Marie drei Monate Zeit für ihre Bachelorarbeit. Anschließend kommt sie nach Chemnitz zurück. Gesagt hat sie es nicht, aber so war es abgesprochen. Wenn ich sie frage, ob sie sich inzwischen für eine Arbeitsstelle beworben hat, weicht sie aus. Auch meine Hilfe bei der Wohnungssuche lehnt sie ab. Sicher will sie erst einmal daheim bei uns wohnen. Platz ist ausreichend vorhanden. Und vor allem hilft es Jona, sich an seine Mutter zu gewöhnen. Davor habe ich ein wenig Angst, denn der Junge hängt sehr an mir und wird sich vielleicht etwas schwer tun. Auch ich hänge sehr an ihm. Aber ein Kind

gehört zu seiner Mutter. Max wird seinen „Bruder“ vermissen. Doch sie gehen in den gleichen Kindergarten und werden sich weiterhin oft sehen.

„Warum meldet sich Marie nicht?“, frage ich Timur zum hundertsten Mal.

„Weil sie nicht weiß, dass du dir Sorgen machst. Auf die Idee kommt sie gar nicht. Sie hat ihre Pläne und ihre Freunde. Da kommst du gar nicht vor.“

Ich bin ihre Mutter! Denkt sie nicht ebenso oft an mich wie ich an sie?

„Sie könnte jeden Tag ein Foto schicken, damit ich weiß, dass es ihr gut geht.“

„Jeden Tag?“ Timur lacht und verzieht den Mund. „Da verlangst du zu viel.“

„Zu viel? Ein Foto macht keine Mühe, zumal sie wie alle jungen Leute ihre Pizza oder die neuen Schuhe in die Welt postet. Sie muss nicht einmal etwas erklären, aber mich würde es beruhigen.“

Meine Tage sind ausgefüllt mit alltäglichen Handgriffen im Haushalt, im Büro und mit den beiden lebhaften Jungs. Oft wünsche ich mir, Marie könnte sie so miteinander spielen sehen. Aber vielleicht hat Timur Recht und wir kommen tatsächlich nicht in ihren Gedanken vor, wogegen ich viele Stunden an Marie denke. Besonders abends im Bett, wenn ich vor Sorge und mit all den Fragen im Kopf nicht einschlafen kann. Timur dagegen schläft sofort ein, sobald er im Bett liegt.

Inzwischen ist bereits August und Marie hat sich noch immer nicht gemeldet. Ich ging davon aus, dass sie spätestens im Juni nach Hause kommt. Mir hämmert mein Kopf und es zieht unangenehm in den Schläfen. Ich trinke ein Glas Wasser, aber das Hämmern lässt nicht nach. Vielleicht sollte ich eine Kopfschmerztablette schlucken. Wenn ich nur wüsste, wo ich die hingepackt habe. Mit Medikamenten kenne ich mich überhaupt nicht aus, zumal Timur auf Naturheilung schwört. Er zapft in jedem Frühjahr Birken an und sagt, dass dies gut für die Blutzirkulation ist und gegen Entzündungen hilft. Doch die Flasche ist leer, weil das Zeug ohnehin nur wenige Tage hält, selbst dann, wenn er es mit Alkohol mischt. Er sammelt außerdem die frischen Triebe von Tannenzapfen und legt sie zusammen mit Knoblauchzehen in Alkohol ein. Mir schmeckt das alles nicht und ich glaube auch nicht an diese Hausmittel.

Endlich finde ich die Tabletten, die gegen sämtliche Schmerzen helfen sollen. Allerdings steht das nicht auf der Packung, nur, dass sie bis Februar 2023 haltbar waren. So ein Mist! Sofort werfe ich sie in den Müll. Doch im gleichen Moment hackt es derart stark in meinem Kopf, dass ich die Schachtel wieder aus dem Eimer sammle und eine Tablette schlucke. Was soll schon passieren? Schlimmer als dieser Schmerz kann es nicht werden.

Gleich am nächsten Morgen bestelle ich Paracetamol bei Amazon, was mir bereits am nächsten Tag geliefert werden soll. Tatsächlich erhalte ich am Montag ein riesiges, etwa armlanges Paket, das ungewöhnlich leicht ist. Darin befindet sich nur die winzige Tablettenschachtel.

*****

Erst im September kommt Marie nach Hause. Ich hatte gehofft, dass sie die Jungs während der Kita-Schließzeit im August behält und sich intensiv mit Jona beschäftigt, um eine Beziehung zu ihm aufzubauen. Vielleicht standen noch Prüfungen an oder sie musste auf das Ergebnis ihrer Bachelorarbeit warten. Ich weiß es nicht. Sie spricht nicht darüber. Sie spricht überhaupt nicht mit uns.
Ich habe ein paar Tage Urlaub genommen, um ihr bei der Wohnungssuche zu helfen.
„Hast du schon eine Zusage für eine Arbeit?", frage ich, erhalte aber keine Antwort.
Stattdessen will Marie wissen, ob wir eine Auslandskrankenversicherung haben. Natürlich haben wir diese Versicherung, da Timur jedes Jahr seine Großeltern in Öskemen besucht. Irritiert nicke ich.
„Gut. Bis zu meinem dreiundzwanzigsten Lebensjahr bin ich bei euch krankenversichert. Das passt. Ein Jahr habe ich geplant, vielleicht auch zwei."
„Was genau hast du geplant?"
Dass sie bei uns krankenversichert ist, wusste ich

118

nicht und schäme mich insgeheim, mich dafür nicht interessiert zu haben. Doch Timur scheint mehr zu wissen.

„Du hast eine abgeschlossene Berufsausbildung. Erkundige dich, ob du überhaupt noch über uns familienversichert bist!"

„Ich? Heißt das, ihr würdet mich ohne Geld und ohne Krankenversicherung reisen lassen?"

„Was meinst du mit *reisen*?"

Entgeistert schaut mich Marie an.

„Welt anschauen. Erfahrungen sammeln. Glaubst du etwa, ich will hier in diesem Nest versauern?"

Chemnitz ist eine ruhige und zugleich lebhafte Stadt mit viel Grün, einer wunderschönen Umgebung, günstigen Wohnungen und vielen Möglichkeiten für Arbeit.

„Du glaubst, dass du frei sein wirst, wenn du in fremde Länder gehst. Aber du fliehst nur vor der Realität", weist sie Timur zurecht.

„Ihr wollt mich festhalten! Einsperren! Das funktioniert bei mir nicht. Ich bin erwachsen und gehe meinen Weg."

„Du hast deinen Weg bereits gewählt. Du hast eine abgeschlossene Ausbildung und bist für dich selbst verantwortlich. Das betrifft auch deine Versicherungen."

Fassungslos starrt Marie ihren Vater an.

„Wollt ihr mir meine Zukunft versauen?"

„Das machst du schon selbst."

Ich versuche, ruhig zu bleiben und erinnere sie an unsere Abmachung.

„Du hast hier in Chemnitz dein Kind und solltest dich endlich um Jona kümmern."

Marie verdreht die Augen.

„Oder hast du in Darmstadt eine Arbeit gefunden?" Das würde mich freuen und gleichzeitig traurig stimmen, denn Darmstadt ist vierhundert Kilometer von Chemnitz entfernt. Das bedeutet, ich werde den kleinen Jona nicht aufwachsen sehen und nur selten besuchen können.

„Arbeit?" Marie schnauft verächtlich. „Hast du nicht zugehört? Ich will in die Welt, nach Amerika, Kanada, Australien und Neuseeland."

„Was um Himmels Willen willst du in Neuseeland?"

„Land und Leute kennenlernen."

„Du solltest lieber deinen Sohn kennenlernen. Der ist wichtiger als all die fremden Leute in fernen Ländern."

„Für euch vielleicht, aber nicht für mich. Ich will hier nicht versauern."

„Heißt das, du hast nicht vor zu arbeiten und dich um dein Kind zu kümmern?", will Timur wissen.

„Denkst du dabei auch an Jona?", frage ich bestürzt.

„*Ihr* habt das Sorgerecht. Also kümmert euch gefälligst!"

„Wie sprichst du überhaupt mit uns? Es gibt Regeln und Pflichten im Leben."

„Ihr müsstet euch mal reden hören! Fortlaufen wür-
det ihr vor eurer eigenen engstirnigen Intoleranz."
Engstirnig ist eher Marie, die nur an sich selbst und
ihre eigenen Interessen denkt.
„Wir haben deinem Studium zugestimmt ..."
„Studieren ist mein gutes Recht", unterbricht sie
mich.
„Aber es gibt Bedingungen."
Marie lacht auf. Es klingt boshaft.
„Spielt euch nicht als Moralapostel auf! Das zieht
bei mir nicht. Moral. Was ist das überhaupt?"
„Moralische Werte sind wichtig für das Zusammen-
leben", antwortet Timur. „Wir alle sind auf Werte
angewiesen, sonst führt es zu Verbitterung und Zy-
nismus."
„Dass ich nicht lache! Das ist ein uralter Zopf und
passt nicht in unsere Zeit!"
„Du bist einfach gegangen und hast uns mitgeteilt,
wie viel wir dir jeden Monat zu zahlen haben."
„Auch das ist mein gutes Recht."
„Du hast nie gefragt, nur gefordert!", empört sich
Timur.
„Hatten wir nicht auch Rechte?", frage ich. „Zum
Beispiel zu erfahren, wie es dir geht, ob dein Stu-
dium gut läuft und wie lange es dauern wird. In
deinen Augen hatten wir offenbar nur Pflichten. Wir
mussten zahlen und dein Kind betreuen."
„Das ist ja wohl das Mindeste, was ich von meinen
Eltern erwarten kann. Ihr habt null Verständnis für

den immensen Druck und die vielen Anforderungen des Lebens, denen ich ausgesetzt bin.“
„Anforderungen stellst du dir selbst. Sie kommen
nicht von außen.“
„Ihr habt wirklich keine Ahnung von der heutigen
Zeit“, beschuldigt uns Marie. „Sklaven seid ihr! Für
euch ist die Sicherheit wichtiger als die Freiheit.“
„Du irrst dich. Doch Freiheit ist Einsicht in die Notwendigkeit. Und es ist notwendig, sich eine Arbeit
zu suchen und um sein Kind zu kümmern.“
Marie verdreht die Augen.
„Blablabla.“
„Was macht dich so unzufrieden? Langeweile oder
deine überzogenen Erwartungen, die *andere für
dich* erfüllen sollen? Oder beides zusammen?“, will
Timur wissen.
„Es hat keinen Sinn, mit euch zu reden. Ihr versteht ja doch nichts.“
„Nein, wir verstehen dich wirklich nicht.“ Ich seufze,
will aber nicht wieder von ihren Forderungen sprechen. „Es wird Zeit, dass Jona erfährt, dass *du*
seine Mutter bist und nicht ich.“
„Wozu?“ Marie verschränkt die Arme vor der Brust.
„Alles wiederholt sich im Leben.“ Sie kneift ihre
Augen zusammen und mustert mich kalt. „Du hast
mich deiner Oma überlassen und nun hast du die
Quittung.“
„Aber du hast immer gewusst, dass *ich* deine Mutter bin und Oma die Oma.“

Mein Einwand klingt kläglich und irgendwie falsch. Mir ist zum Heulen zumute. Was habe ich falsch gemacht? Hätte ich hart sein müssen wie meine Eltern? Dann hätte sie ihr Kind verloren. Vermutlich hätte sie das weniger gestört als mich. Jona hat bei uns ein gutes Leben. Wir haben ihn aufgezogen wie unseren eigenen Sohn, obwohl er nicht unser Kind ist. War das falsch? Wir hatten abgemacht, dass Marie nach drei Jahren Studium nach Chemnitz zurück kommt, sich eine Arbeit sucht und für sich und ihr Kind sorgt. Dazu ist sie offenbar nicht bereit.

„Marie!", rufe ich aufgebracht.

Doch sie dreht sich um und lässt uns einfach stehen.

Am späten Abend kommt Marie noch einmal zu uns in die Stube. Aber sie macht keine Anstalten, uns um Entschuldigung zu bitten oder wenigstens zu erklären, weshalb sie ihre Pläne änderte und wie sie sich ihre Zukunft vorstellt. Sie setzt sich nicht zu uns aufs Sofa, sondern stellt sich breitbeinig vor uns hin und verlangt: „Ab sofort nennt ihr mich Marvin."

„Wieso das?", fragt Timur lachend.

„Marvin heißt bedeutend, hervorragend und besonders. All das trifft auf mich zu."

Timur lacht lauter.

„Das mag sein, aber Marvin ist ein Name für einen

Mann."

„Na und? Ich fühle mich als Mann."

„Spinnst du?", regt sich Timur auf und ich erinnere Marie daran, dass sie ein Kind geboren hat.

„Na und? Was macht das schon?"

„Du bist und bleibst unsere Tochter", sage ich heiter und will Marie umarmen.

Doch sie schiebt mich grob beiseite und schreit: „Frauen sind in der heutigen Gesellschaft benachteiligt und werden diskriminiert."

„So ein Quatsch! Frauen werden heutzutage überall bevorzugt", erwidert Timur.

„Du blöder Macho!"

„Bist du noch ganz bei Trost?!", erregt sich Timur.

„Du kannst dich gern als Mann fühlen, wenn es dir dabei besser geht. Aber verlange nicht von *uns*, dich als Mann zu sehen."

„Geschlecht ist etwas Konstrukturiertes."

Meint sie konstruiertes?

„Aha. Und wieso kann es trotzdem Frauenquoten und Frauenfeindlichkeit geben?", fragt Timur spitz.

„Anzeigen werde ich euch!"

Marie greift das schwere Teelichtglas samt Kerze und schleudert es gegen die Wand, wo es in viele Teile zerbricht. Die Scherben verteilen sich im ganzen Raum.

„Räum das auf!", schreit Timur, während ich wie gelähmt auf den Boden starre.

„Du Flachwichser!", betitelt Marie ihren Vater, mich

nennt sie „Verdammte Kröte!"

Timur springt auf.

„Scheiße! Scheiße! Scheiße!", brüllt Marie und fuchtelt wild mit ihren Armen, die Timur mit festem Griff bändigt, damit sie nicht noch mehr Unheil anrichtet.

„Lass mich los, du Drecksack!"

Völlig außer sich tritt Marie mit ihren Füßen nach Timur. Plötzlich fängt sie an zu weinen und sinkt auf den Teppich, wo überall noch Scherben liegen.

Eilig springe ich auf und sammle die Scherben auf. Zum Glück sind es recht große Stücke, die allerdings scharfe Kanten haben, woran sie sich leicht verletzen kann.

„Was ist mit dir?", frage ich besorgt, denn dieser Ausbruch passt nicht zu Marie.

Timur zerrt Marie vom Boden auf und stößt sie derb aus der Tür.

„Raus!", befiehlt er und wirft die Tür hinter ihr zu, die krachend ins Schloss fällt.

Ich versuche, die Scherben einzusammeln, doch ich zittere so stark, dass sie mir sofort wieder aus den Händen fallen, sobald ich sie greifen kann. Timur fegt sie mit einem Besen auf die Schaufel und kippt alles in den Mülleimer. Dann setzt er sich zu mir aufs Sofa.

„Was war das?"

Ratlos zucke ich mit der Schulter. Die grässlichen Bilder von Maries Anfall flimmern mir durch den

Kopf. Sie sah sich in ihrer Wut gar nicht ähnlich mit dem harten Mund und den aufgerissenen Augen.

„Hast du Maries Augen gesehen?", frage ich.

„Was ist damit?"

„Die Pupillen kamen mir schon gestern so weit vor. Und heute zitterten ihre Hände, als sei sie Alkoholiker."

Timur beugt seinen Kopf nach hinten und schließt die Augen. Er zieht seine Schultern hoch und wirkt verkrampft, zumal sich die Muskeln unter den Wangen unkontrolliert bewegen. Schließlich runzelt er die Stirn und schaut mich ernst an.

„Drogen. Das ist es! Sie nimmt Drogen." Hektisch springt er auf und reißt die Tür zu Maries Zimmer auf. „Was zum Teufel nimmst du für Zeug?", herrscht er sie an.

Marie schreit auf. Hat Timur sie geschlagen? Eilig laufe ich hinterher und sehe, dass er sie am Handgelenk packt und sie sich heftig wehrt. Wem soll ich helfen? Marie oder Timur?

„Lass sie los!", bitte ich ängstlich.

Sofort gibt er ihre Hand frei. Marie schaut ihren Vater drohend an, reibt ihren Arm und hält ihn hoch.

„Schau, was du gemacht hast! Ich hasse dich!"

Das Gelenk ist stark gerötet und ich sehe deutlich die Abdrücke von Timurs Fingern.

„Antworte!", herrscht Timur seine Tochter an. „Mit welcher Droge ruinierst du dich?"

Marie lächelt und zieht dabei einen Mundwinkel

nach unten, als würde sie uns verspotten. Sie setzt sich auf ihr Bett und schlägt langsam die Beine übereinander.

„LSD. Schon mal gehört?", gibt sie schnippisch zurück. „Erweitert das Bewusstsein."

„Bist du jetzt komplett verrückt geworden?"

Marie wirft den Kopf nach hinten und lacht laut auf. Es klingt derb und überhaupt nicht fröhlich, sondern unecht und so gruselig, dass ich eine Gänsehaut bekomme.

„Das ist eine synthetische Droge, die das zentrale Nervensystem beeinflusst und außerdem verboten ist", erklärt Timur.

„Na und? Was geht's dich an?", blafft Marie. Wieder lacht sie ihr seltsam derbes Lachen. „Solltet ihr auch mal probieren. Vielleicht erreicht ihr damit eine Art Erleuchtung."

Sie steht auf, schlendert an uns vorüber ins Bad und lässt die Tür offen. Ich höre, dass sie auf der Toilette sitzt und dabei obszöne Texte grölt.

Panisch gebe ich LSD in mein Handy ein und lese, dass LSD Halluzinationen, eine veränderte Wahrnehmung von Zeit und Raum, intensive emotionale Zustände und verwirrende Gedanken verursacht, was mich furchtbar erschreckt. Die Wirkungen sind unvorhersehbar. Neben intensiven Glücksgefühlen können Angst und Paranoia auftreten. Physische Nebenwirkungen sind erweiterte Pupillen. Erweiterte Pupillen wie bei Marie! Erhöhter Blutdruck und

Zittern. Es können auch lang anhaltende Veränderungen der Wahrnehmung auftreten, selbst lange nach dem Konsum. Es wird geraten, Betroffenen Sorge und Interesse zu zeigen und keinesfalls zu kritisieren oder gar zu verurteilen.

Haben wir schon wieder alles falsch gemacht? Ich zeige Timur den Text. Er winkt nur ab.

Ich stelle mich in die offene Badtür und frage so ruhig wie nur irgend möglich: „Warum nimmst du das Zeug?"

„Weil ich sonst diese beschissene Welt nicht ertrage."

„Die Welt ist nicht das Problem, deine Einstellung ist beschissen", poltert Timur. „Was ist denn so schlimm an deinem Leben?"

Marie kichert und bricht gleichzeitig in Tränen aus. „Alles! Ihr Klugscheißer!"

„Kennst du die Risiken der Droge?", frage ich leise.

„Gefährlich. Gefährlich", lallt sie. Dann verengen sich ihre Augen, während sie zischt: „Geh an den Herd und koche was Hübsches! Wie es sich für ein braves Weibi gehört." Höhnisch zeigt sie auf das Waschbecken, in dem ein gelblicher Glibber klebt. „Ach nein, putze das Bad, ich habe geschweinelt!"

Marie stößt mich grob zur Seite, kneift die Augen zusammen, presst die Lippen aufeinander und zischt bösartig: „Pass auf die lieben Kinderchen auf und befriedige deinen Mann!" Sie spuckt auf den Boden. „Dieses Schwein!"

Im gleichen Moment verpasst ihr Timur eine so kräftige Ohrfeige, dass ihr Kopf zur Seite schlägt und fast gegen den Türrahmen stößt.

Marie schaut ihn ruhig an und zitiert wie aus einem Lehrbuch: „Wer eine Person körperlich misshandelt, begeht nach Paragraph 223 des Gesetzbuches eine strafbare Handlung und wird mit einer Freiheitsstrafe von bis zu fünf Jahren bestraft." Sie lächelt kalt. „Ich zeige dich an." Dann dreht sie sich zu mir um, spuckt mir ins Gesicht, lacht und sagt: „Und dich auch, du dumme Kuh."

Timur holt noch einmal aus, hält aber inne und greift sich an den Kopf.

„Sie ist irre und weiß nicht mehr, was sie sagt."

Marie ist offenbar tatsächlich irre. Die Droge hat sie verändert und zwar derart drastisch ins Böse, dass ich mein eigenes Kind nicht mehr erkenne. Das ist nicht Marie, das ist die Droge.

„Geht mir aus dem Weg und lasst mich in Ruhe!"

„Wir wollen dir nur helfen!", rufe ich ihr nach.

Ich höre sie in ihrem Zimmer singen. Plötzlich ist es ruhig.

„Ob sie sich etwas antut?", befürchte ich.

„Sie wird schlafen."

„Ich rufe einen Arzt."

„Das lässt du bleiben!", befiehlt Timur. „Sie ist nicht in akuter Gefahr."

„Woher willst du das wissen? Vielleicht ist sie ohnmächtig geworden."

Vorsichtig drücke ich leise die Türklinke herunter und spähe in Maries Zimmer. Sie liegt auf dem Bett und schläft. Erleichtert seufze ich, als ich sehe, wie sich ihre Brust gleichmäßig hebt und senkt.

„Wenn sie wach wird, werde ich mit ihr sprechen und sie zum Arzt begleiten, nach Selbsthilfegruppen und Therapien suchen."

„Träum weiter!" Timur lässt die Schultern hängen und seufzt. „Sie soll ihren Rausch ausschlafen und dann verschwinden. Wir können ihr nicht helfen."

„Aber wir müssen etwas tun! Wir dürfen nicht zulassen, dass sie vor die Hunde geht."

„Vergiss es! Wir haben keine Wahl. *Sie* hatte die Wahl, sie ganz allein."

Ich dachte, unsere Marie wolle die Welt retten oder das Klima. Aber sie will nur high sein und dabei die Welt vergessen. Vielleicht hat Timur Recht, zumal ich auch an die Jungs denken muss. Wir haben die Verantwortung für die Beiden, für Marie nicht mehr, denn sie ist erwachsen und für sich selbst verantwortlich.

Ich gehe in Jonas Zimmer. Doch sein Bett ist leer. Eilig laufe ich hinüber zu Max. Dort sehe ich zuerst nur eine Decke. Ich schiebe sie vorsichtig zurück und sehe darunter zwei ängstliche Jungs, die sich eng aneinander schmiegen. An den fest zugekniffenen Augen sehe ich, dass sie nicht schlafen. Sanft streiche ich über beide Köpfe und flüstere:

„Ich bin´s, die Mama.“

Als erster öffnet Max seine Augen. Ich sehe ihm an, wie erleichtert er ist.

„Das war laut und gruselig, nicht wahr? Aber jetzt ist alles wieder gut. Ich bin bei euch.“

Jona kriecht auf meinen Schoß und Max richtet sich auf.

„Ich will nicht, dass der Papa so schreit“, jammert Jona.

„Ich auch nicht. Der Papa hat sich geärgert.“

„Über mich?“, will Jona ängstlich wissen.

„Aber nein.“ Ich drücke den Jungen fest an mich.

„Die Marie ist böse“, stellt Max fest.

„Nein. Wir haben nur gestritten. Auch Erwachsene sind manchmal wütend und werden dann laut.“

„Das dürft ihr aber nicht!“, schluchzt Jona.

„Ich weiß. Wir werden alles wieder gut machen.“

Mir tut die Angst der Kinder in der Seele weh.

„Wollt ihr hier zusammen schlafen?“

Beide nicken. Ich decke sie zu und singe ihnen noch ein Schlaflied, bevor ich gehe.

Im Internet suche ich nach Antworten, weshalb jemand, der offensichtlich keine Sorgen hat, Drogen nimmt. Ich lese, dass sich der Betroffene als Opfer sieht. Also fühlt sich Marie ungerecht behandelt und im Recht, ihre Eltern zu beschimpfen. Angeblich neigen solche Personen zu Rache und Gewalt. Das mag ich nicht glauben, weil das nicht zu meiner sanften Marie passt. Morgen werde ich mit ihr reden. Dann kann sie mir in Ruhe erklären, was sie bedrückt und wir werden eine Lösung finden. Alles wird wieder gut.

*****

In der Nacht kann ich nicht schlafen. Ich sehe die kleine Marie vor mir, die mir jeden Tag lebhaft ihre Pläne schilderte. Sie wollte eine berühmte Schauspielerin in Amerika werden. Ich musste ihre überschäumenden Phantastereien auffangen,wobei sie mich in ihrem Eifer nie zu Wort kommen ließ. Mir blieb im Grunde nur, mich mit ihr zu freuen und sie träumen zu lassen. War das ein Fehler? Hätte ich sie zur Ordnung rufen müssen? Hat sie deshalb den Blick für die Wirklichkeit verloren? Verwöhnte ich Marie, weil ich sie bei meiner Oma aufwachsen ließ und deshalb ein schlechtes Gewissen hatte? Wollte ich alles wieder gut machen und habe dabei übertrieben, sie viel zu oft selbst wählen lassen statt ihr klar die Richtung vorzugeben?
In Gedanken spreche ich mit Marie und suche nach den richtigen Worten, die sie von einer Therapie überzeugen. Es ist schon fast drei Uhr am Morgen, als ich es aufgebe. Schlafen kann ich trotzdem nicht, weil mich eine Mücke nervt. Bereits sieben Stiche habe ich gezählt, die entsetzlich jucken und gleichzeitig wie Feuer brennen. Weder

132

Spucke noch eine Salbe lindern das entsetzliche Kribbeln und Krabbeln. Timur liegt neben mir und schnarcht mit offenem Mund. Seine Decke liegt auf dem Boden. Trotzdem wird er morgen keinen einzigen Mückenstich beklagen müssen.

In meinem Traum ist Marie zwei Jahre alt. Wir laufen durch ein riesiges Bahnhofsgebäude, das voller Menschen ist. Marie hüpft munter zwischen den Leuten umher. Ich möchte sie festhalten, damit sie nicht fällt oder gar verloren geht, doch sie lässt sich nicht anfassen. Plötzlich öffnet sich zwischen uns ein tiefer dunkler Graben. Ich strecke meinen Arm so weit es geht hinüber zu Marie, kann aber ihre Hand nicht erreichen. Sie beugt sich weit vor, ich schreie: „Marie!", und werde schweißgebadet wach. Habe ich ihre Hand erwischt? Oder ist sie in diesen tiefen Graben gefallen? Was will mir dieser böse Traum sagen?

Ich kann nicht mehr schlafen und öffne leise ihre Tür. Doch das Bett ist leer. Auch ihr Rucksack fehlt. Sie ist weg!, durchzuckt es mich. Ohne Abschied. Wir wissen nicht, wohin sie unterwegs ist und noch weniger, wann sie zurückkommt. Mich packt unbändiger Groll, weil sie sich keine Minute mit Jona beschäftigt hat, keine Fragen gestellt – nichts. Als interessiere sie weder ihr Kind noch ihr kleiner Bruder. Ich verstehe das nicht.

*****

Anfangs schrieb ich ihr jede Woche eine Nachricht per WhatsApp, da aber nie eine Antwort kam, ließ ich es irgendwann bleiben. Nur zu den Geburtstagen der Jungs schicke ich nach wie vor ein Foto. Auch darauf reagiert sie nicht. Nicht einmal auf das letzte Bild vom Schulanfang, worauf Jona und Max mit ihren blauen Ranzen und Schultüten zu sehen sind. Stolz schauen sie in die Kamera. Mir tut das Herz weh, weil die Jungs inzwischen sechseinhalb Jahre alt sind und Marie sie nicht sehen will. Ich weiß nicht, ob Marie meine Nachrichten überhaupt liest. Jedenfalls scheint ihre Telefonnummer noch zu funktionieren. Timur meint, dass Nummern gesperrt werden, wenn man sie länger als zwei Jahre nicht nutzt.

„Nennen wir sie doch Marvin", bitte ich, „wenn es ihr so viel bedeutet. Vielleicht geht sie dann ans Telefon und verzeiht uns."

„Da gibt es nichts zu verzeihen. Wir haben ihr alles ermöglicht, was ihr wichtig war. Seit sechs Jahren versorgen wir ihr Kind."

„Das machen wir gern", füge ich eilig ein, während Timur die Augen verdreht.

„Darum geht es nicht. Marie interessiert sich überhaupt nicht für ihr Kind. Sie tut, als gäbe es Jona nicht."

Auch für ihre Eltern interessiert sich Marie nicht.

Erkenntnis

Als ich von der Arbeit nach Hause komme, finde ich Jona unter dem Tisch. Er hat sich zusammen-gekringelt wie ein Baby und den Kopf unter den Armen verborgen.
„Was tust du da?"
„Der flennt", erklärt Max.
„Hat er sich weh getan?"
Ich kauere mich auf den Teppich und schiebe den Stuhl zurück, um Jona näher zu sein, obwohl ich weiß, dass er in seiner Höhle nicht gestört werden will.
„Was hast du? Tut dir was weh?"
„Lass mich!", schreit er und funkelt mich aus rotge-weinten Augen an. „Hau ab!"
Einerseits möchte ich Jona in Ruhe lassen, bis er sich beruhigt hat. Andererseits kann ich ihn seinem Kummer nicht überlassen. Ich möchte ihm helfen. Aber er lässt sich nicht helfen. Er geht mir aus dem Weg, spricht nicht mit mir und beantwortet keine Fragen.
„Der beruhigt sich wieder", weiß Timur.

„Kommt essen!", rufe ich in den Flur und lasse die Tür offen. „Es gibt Pizza."
Ich höre, wie Max seine Tür mit Wucht zuwirft und Jona zuruft: „Komm endlich!"

„Sag *deinen* Eltern, dass ich sie nie wieder sehen will. Ich kauf mir nen Döner."

„Du bist blöd! Da geht dein Taschengeld drauf."

„Na und?"

„*Die* will ich nicht mehr sehen."

Was meint er damit?

„Jona hat zu dir gesagt, dass er nicht mit uns essen will. Hat er Bauchweh?", frage ich Max.

„Nö."

„Was sind das für Moden?", schimpft Timur und brüllt lauter: „Jona! Hierher! Sofort!"

„Nein!", schreit Jona zurück.

Timur springt auf und stürzt in Jonas Zimmer.

„Lass deine Mätzchen!", befiehlt er.

„Du hast mir gar nichts zu sagen, bist nicht mal mein Vater."

„Was soll das heißen?", poltert Timur. „Du wohnst in *meinem* Haus, *ich* zahle dein Essen und deine Kleidung – also bin ich sehr wohl dein Vater. Oder kennst du einen anderen?"

Mir treibt es sofort die Tränen in die Augen. Jonas Antwort kann ich nicht hören. Max kichert und sieht mich gleichzeitig unsicher an.

„Du setzt dich an den Tisch und benimmst dich!", höre ich Timur laut und sehr bestimmt zu Jona sagen. „Jetzt!", fügt er barsch hinzu. „Wir reden später."

Wieder höre ich leises Gemurmel.

„Hast du mich verstanden?" Und nach einer kurzen

Pause: „Wird´s noch?!“

Jona schlurft in die Küche, setzt sich auf seinen Platz und schaut mich trotzig und anklagend an.

Ich wage nichts zu sagen, versuche aber, ihm mit meinem Blick Liebe zu zeigen.

„Iss!“, befiehlt Timur.

„Deine Pizza ist längst kalt“, warnt Max.

„Soll ich sie noch einmal im Ofen aufwärmen?“, biete ich an.

„Nein. Jona kam zu spät, deshalb muss er kalte Pizza essen“, bestimmt Timur.

„Auch deine Pizza ist kalt“, erinnere ich ihn und zucke unter seinem warnenden Blick zusammen.

„Jona hat ein Problem angesprochen, über das wir nach dem Essen sprechen.“

„Ich will nicht mit euch reden.“

„Das brauchst du auch nicht. Es sei denn, wir fragen dich etwas, dann hast du zu antworten. Bis dahin hörst du zu!“ Timur schiebt seinen Teller zurück, gießt sich ein Bier ein, setzt sich aufs Sofa und befiehlt den Jungs: „Räumt den Tisch ab und kommt zu mir!“

„Du weißt also, dass wir nicht deine leiblichen Eltern sind.“

Jona nickt.

„Woher weißt du das?“, frage ich.

Wieder dieser warnende Blick von Timur. Er winkt mit der Hand ab und sagt, dass das keine Rolle spielt.

„Trotzdem bist du unser Sohn, weil du vom ersten Tag deines Lebens bei uns wohnst. Genau wie Max.“

„Seid ihr auch nicht meine Eltern?“, fragt Max.

„Doch. Ich habe dich am 17. Februar früh am Morgen geboren, Jona kam am gleichen Tag zur Welt.“

„Wir sind also *doch* Zwillinge“, freut sich Max und Jona horcht auf.

„Nein.“

Weiter komme ich nicht. Alles, was ich sagen will, wird sich falsch anhören. Auch Timur sagt nichts. Wortlos steht er auf und holt die Geburtsurkunden der Jungs.

„Habt ihr die aufgestöbert?“

Betreten schauen sich die beiden an. Max nickt.

„Ihr habt beide den gleichen Nachnamen, also gehört ihr beide in unsere Familie.“

Jonas Miene hellt sich ein wenig auf, doch er bleibt skeptisch.

„Wieso steht dann bei meiner Mutter Lena und bei Jona Marie?“

„Weil Marie Jona geboren hat.“

„Welche Marie denn?“

„Marie ist unsere Tochter. Das wisst ihr doch.“

Wieder schauen sich die Jungs an und zucken mit den Schultern. Ich öffne mein Handy und zeige Fotos von Marie. Mir ist klar, dass sie sich nicht an sie erinnern, denn sie war nur ein einziges Mal hier, als die Jungs drei Jahre alt waren. Wir haben nicht oft über sie gesprochen, weil wir nicht einmal wissen, wo Marie lebt.

„Dann bist du bloß Jonas Oma!", schreit Max entsetzt auf. „Eine alte Oma! Meine Mama ist eine alte Oma." Nachdenklich fügt er hinzu: „Aber du siehst gar nicht aus wie eine alte Oma und eigentlich viel hübscher als die Mamas von Mathias und Leon."

Lachend nehme ich Max in meine Arme, aber Jona dreht sich weg.

„Was ist denn mit Jonas Mama passiert? Ist sie gestorben?"

„Nein. Sie war damals noch sehr jung und ging noch zur Schule, als du zur Welt kamst", wende ich mich an Jona. „Danach zog Marie in eine andere Stadt, um dort zu studieren, weshalb sie dich nicht mitnehmen konnte."

„Mama blieb nach eurer Geburt drei Jahre daheim, um sich um euch zu kümmern", erklärt Timur.

„Studiert meine … meine … diese Marie immer noch?", jammert Jona kläglich.

„Nein. Sie kam nach dem Studium hierher. Da wart ihr drei Jahre alt und gingt noch in den Kindergarten. Marie freute sich, weil ihr so gute Freunde seid – wie echte Zwillinge. Sie fand, dass es besser für euch ist, wenn ihr bei uns bleibt, zusammen in den Kindergarten und in die Schule geht."

„Und wo ist sie jetzt?"

„Das wissen wir nicht."

„Warum besucht sie mich nicht? Mag sie mich nicht?"

Jona weint, lässt sich aber noch immer nicht von mir in den Arm nehmen. Ich mag den Jungen nicht anlügen und behaupten, dass ihn seine Mutter liebt. Ich möchte ihn aber auch nicht verletzen.

„Sie besucht uns ebenfalls nicht, obwohl wir ihre Eltern sind", erklärt Timur.

„Hat die kein Telefon?", empört sich Max.

Soll ich zugeben, dass ihre alte Nummer vermutlich noch existiert? Oder soll ich sagen, dass ich das nicht weiß. Das wäre gelogen und kommt vielleicht ebenso eines Tages ans Licht wie die Geburtsurkunde.

„Mama hat sie anfangs oft angerufen, aber Marie hebt nie ab. Wir wissen wirklich nicht, wo sie lebt, ob es ihr gut geht und warum sie sich nie meldet."

„Die ist ja doof!", schimpft Max.

„Gar nicht wahr!", schreit Jona und tritt Max mit dem Fuß. „Doof seid nur ihr! Ihr habt mich meiner Mama weggenommen! Und jetzt ist sie traurig und kommt nie mehr hierher. Nie wieder!" Er schluchzt. „Ich will zu meiner Mama!"

„Gut. Wir werden dir dabei helfen."

„Ihr lügt! Ihr habt immer gelogen!"

„Gelogen haben wir nicht, nur nicht alles gesagt."

„Das ist dasselbe."

„Nicht ganz. Aber wir wussten nicht, was wir dir sagen sollten."

„Ich werde nie wieder Mama zu dir sagen.“

„Das musst du auch nicht. Das haben wir auch nie von dir verlangt. Wir wollten, dass du mich Oma nennst, aber du hast von Anfang an Mama und Papa gesagt.“

„Papa.“ Jona denkt nach. „Was ist mit meinem Papa?“

„Das wissen wir nicht. Marie hat gesagt, dass sie ihn nicht kennt.“

Ich sehe Jona an, dass er uns nicht glaubt. Für Max ist die ganze Geschichte spannend.

„Bin ich gar nicht der Bruder von Jona?“

„Nein. Du bist sein Onkel.“

Max kichert.

„Hast du gehört? Ich bin dein Onkel. Du musst mir jetzt gehorchen.“

„Du spinnst!“

Wieder tritt Jona mit den Füßen nach Max.

„Für euch ändert sich nichts. Für uns seid ihr unsere Zwillinge.“

„Ich will nicht dein Zwilling sein“, zischt Jona.

„Dann nicht. Jetzt geht ihr ins Bett! Und zwar dalli!“, bestimmt Timur.

Von diesem Tag an verändert sich Jona. Er träumt vor sich hin, weint schnell und gerät von einer Sekunde in die nächste in Wut, obwohl nichts passiert ist. Er tritt mit den Füßen nach mir und prügelt ohne jeden Grund auf Max ein. Manchmal lässt er absichtlich einen Teller fallen und schaut mir dabei trotzig in die Augen, um zu sehen, wie ich mich ärgere und kaum beherrschen kann. Er hat keinen Grund, sich derart aufzuführen, weil sich an seinem Umfeld und seinem Leben nichts geändert hat. Neu ist nur, dass er nun weiß, dass ich nicht seine Mutter bin, sondern seine Oma. Um mich nicht Oma nennen zu müssen, redet er mich überhaupt nicht an.

Jonas Lehrerin ruft mich an und erkundigt sich, wie es Jona geht. Wie soll es ihm gehen? Er ist im Moment etwas schwierig, aber zum Glück gesund.

„Mir scheint er müde und lustlos. Er sitzt in den Pausen nur auf seinem Platz und arbeitet im Unterricht nicht mit. Wenn das so weitergeht, muss er das Schuljahr wiederholen."

Lernen ist Jona immer leicht gefallen. Dass Jungs lieber Fußball spielen oder Rad fahren, statt still in der Schulbank zu sitzen, ist mir klar. Doch Jona scheint an nichts mehr Freude zu haben, seit er weiß, dass ich nicht seine Mutter bin und Marie ihn nicht sehen will. Ich weiß nicht, wie ich mit Jonas Kummer umgehen soll. Timur duldet nicht, wenn sich Jona so hängen lässt, nicht antwortet, weint oder in Wut ausbricht. Er hat ihn schon einmal derb an den Armen gepackt. Daraufhin meldet sich das Jugendamt, weil Jona in der Schule und Nachbarschaft behauptet, seine Pflegeeltern sind gewalttätig.

Zwei Frauen vom Jugendamt sitzen vor uns und wirken abweisend.

„Sie behaupten, Jona nicht geschlagen zu haben."

„Das ist richtig."

Wir erklären, dass Jona das Kind unserer Tochter ist und seit seiner Geburt bei uns aufwächst, zusammen mit unserem Sohn Maksim.

„Jona erfuhr erst vor kurzem, dass ich nicht seine Mutter bin, sondern seine Oma. Das war für ihn ein Schock."

Die Frauen lassen sich zuerst die Kinderzimmer und dann die ganze Wohnung zeigen.

„Ich will zu meiner Mama!", schreit Jona. „Aber die lassen mich nicht."

Jona stampft mit den Füßen auf und zeigt mit ausgestrecktem Arm auf mich und Timur.

„Warum verhindern Sie das?"

„Wir verhindern es nicht. Doch unsere Tochter will keinen Kontakt."

„Wo ist Ihre Tochter?"

„Das wissen wir nicht."

Bedeutungsschwer sehen sich die beiden Frauen an. Ich sehe ihnen an, dass sie glauben, dass wir unsere Tochter aus dem Haus trieben und keine Beziehung zwischen ihr und ihrem Kind erlauben. Falls sie es laut aussprechen, wird Timur ausrasten und die ohnehin schwierige Situation noch schlimmer machen. Zum Schluss werden wir aufgefordert, den Kontakt zu Marie wiederherzustellen

und ihr den Umgang mit ihrem Kind zu ermöglichen.
„Genau das wollen wir auch", sage ich, bevor es
Timur drastischer ausdrückt.
Mit: „Wir werden in einem Monat nachfragen", verabschieden sich die Frauen endlich.
Ich weiß mir keinen Rat mehr und habe bereits
versucht, einen Termin bei einem Kinderpsycholo-
gen zu bekommen. Doch den gibt es erst im April
nächsten Jahres.

*****

„Wir müssen Marie informieren. So geht das nicht
weiter." Auf einmal überkommt mich ein grauenhaf-
ter Gedanke. „Vielleicht lebt sie gar nicht mehr",
überlege ich laut und kann nicht verhindern, dass
mir Tränen übers Gesicht laufen. „Vielleicht ist sie
an den Drogen gestorben und wir habe es nicht erfahren."
„Rede nicht solch einen Unsinn!", bestimmt Timur.
„Und vor allem nicht so laut. Die Kinder belauern
uns, seit sie wissen, dass wir nicht Jonas Eltern
sind."
„Ich weiß nicht mehr weiter. Marie war immer ein
stilles und liebes Mädchen, jedenfalls bis zu ihrer
Schwangerschaft." Nachdenklich betrachte ich die
Fotos in meinem Handy. „Sofort nach dem Abi ging
sie nach Darmstadt und hat sich kaum noch ge-

meldet. Mir will einfach nicht in den Kopf, was dort passiert sein kann, weshalb sie auf einmal so böse auf uns reagierte."

„Sie hat harte Drogen genommen und war nicht mehr bei Sinnen, als sie fortging."

Es war ein böser Streit, der mich noch immer quält.

„Wo sie wohl sein mag?"

„Vermutlich dort, wo man nicht arbeiten muss und leicht an Drogen herankommt."

Erschrocken schaue ich Timur an.

„Du meinst Südamerika?"

„Vielleicht. Vielleicht auch Kanada oder Portugal. LSD ist überall verboten, wird nur nicht so hart verfolgt und bestraft wie hier."

„Aber vielleicht ist sie längst sauber und hat irgendwo in der Welt eine Arbeit, vielleicht sogar eine Familie."

Nichts wünsche ich mir so sehr wie das, obwohl sie sich vermutlich melden würde, wenn es ihr gut geht. Oder auch nicht, denn meistens meldet man sich, wenn es einem schlecht geht.

„Wir müssen sie finden", bestimme ich.

Ich weiß zwar nicht, wie wir das anstellen sollen, aber dieses tatenlose Warten ist schwerer als die schwerste Handlung. Entschlossen nehme ich mein Handy zur Hand und tippe: *Marie! Es ist etwas passiert! Melde Dich! Gruß Mutti* Einen Moment später ergänze ich: *Ich rufe Dich 21 Uhr zu unserer Zeit an, falls Du Dich bis dahin nicht*

gemeldet hast.
Das ist zwar bereits in einer knappen Stunde, aber ich will nicht länger warten. Außerdem schauen junge Leute aller paar Sekunden auf ihr Handy, weshalb Marie meine Nachricht sieht, falls ihre Nummer noch stimmt.

„Was´n los?", bellt Marie ins Telefon.
„Marie! Mein Liebling!"
„Lass den Schmalz! Was los ist, habe ich gefragt. Ist jemand von den Alten gestorben?"
Ich schlucke. Meint sie mich und Timur?
„Nein, deinen Großeltern geht es gut. Nur Jonas..."
„Jona", korrigiert sie barsch. „Wir hatten eine Vereinbarung."
„An die ich mich gehalten habe. Du nicht!"
Gleich wird sie auflegen, denke ich ängstlich.
„Bitte!", flehe ich. „Du musst nach Hause kommen!"
„Nein! Ich kann meine Familie nicht verlassen."
Marie hat eine Familie? Doch bevor ich nachfrage, überkommt mich Zorn über ihre grobe Abweisung.
„*Uns* konntest du verlassen, obwohl wir deine Familie sind."
„Deine blöden Vorwürfe kannst du steckenlassen!"
Wieder muss ich schlucken.
„Es ist wichtig, dass du mit deinem Sohn sprichst", formuliere ich vorsichtig. „Er hat herausgefunden, dass ich nicht seine Mutter bin und will nicht mehr mit mir reden."

„Na und? Was geht mich das an?"

Das fragt sie noch? Jona ist *ihr* Kind! Aber ich antworte nicht. Soll ich vom Ärger mit dem Jugendamt erzählen? Nein, das wäre nicht klug.

„Er glaubt, wir haben ihn entführt und erlauben dir keinen Kontakt zu deinem Kind."

Marie lacht schallend.

„Ich finde das nicht lustig. Glaub mir, du wirst hier gebraucht."

„Hier werde ich auch gebraucht." Geräuschvoll atmet sie aus. Dann zischt sie: „Ruf mich nicht wieder an!"

Marie hat aufgelegt und ich habe es vermasselt. Wieder einmal. Immerhin weiß ich jetzt, dass ihre Nummer noch funktioniert. Und ich weiß, dass sie lebt und offenbar gesund ist. Und da sie eine Familie hat, lebt sie in geordneten Verhältnissen. Aber ich weiß nicht, ob sie überhaupt in Deutschland lebt. Als ich vor zwei Jahren im Bürgerbüro eine Auskunft anforderte, nannte man mir meine eigene Adresse. Marie hat sich also nicht abgemeldet und wohnt offiziell nach wie vor bei uns. Ich habe in sämtlichen sozialen Medien gesucht und mich extra auf Facebook angemeldet, aber keine Marie Omarow gefunden. Der Name Omarow ist nicht sehr häufig. Doch wenn sie inzwischen verheiratet ist, trägt sie längst einen anderen Familiennamen.

Es ist zum Verzweifeln!

Die Sorge um Marie geht mir keinen Augenblick aus dem Kopf. Ohne die tägliche Routine, die Jungs wecken, in die Schule schicken, zur Arbeit gehen, einkaufen, aufräumen, das Abendessen richten, die Jungs ins Bett schicken, Gute-Nacht-Geschichte lesen, vor dem Fernseher einschlafen wäre ich längst durchgedreht. Timur hält meine Sorgen für übertrieben, weil Marie erwachsen und für ihr Leben selbst verantwortlich ist. Das weiß ich auch. Und doch ist sie nach wie vor mein Mäuschen. Ich will, dass es ihr gut geht. Ich will sie in den Arm nehmen und ihr sagen, sie lieb ich sie habe. Jeden Tag.

*****

„Frau Omatow?"
Mich lacht eine junge Frau an, die mir zwar irgend-wie bekannt vorkommt, aber ich weiß nicht, woher.
„Ja, ich bin Lena Oma-r-ow. Und wer sind Sie?"
„Judith. Maries beste Freundin."
„Judith!", rufe ich erfreut aus. „Du siehst blendend aus. Darf ich überhaupt noch Du sagen?"
„Klar! Wie geht's Marie und den Kindern?"
„Die Jungs sind gesund und munter, gehen schon in die zweite Klasse."
„Jungs? Zweite Klasse? Ich verstehe nicht."
Was sage ich jetzt? Judith sprach von den Kindern, meinte aber offenbar nicht meine Jungs.

„Oh! Ich dachte, du meinst Jona und Max."
Judith schaut mich ehrlich erstaunt an. Offenbar
weiß sie nichts von Maries Sohn Jona.
„Nein, ich meine Kayla und Malik. Wie geht es
ihnen? Und was macht Marie? Hat sie inzwischen
eine eigene Wohnung? Oder wohnt sie noch in der
schrecklichen Kommune?"
Hilflos hebe ich die Schultern.
„Wir hatten lange keinen Kontakt. Vor einer Woche
bat ich sie, nach Hause zu kommen. Aber sie sagte, sie könne im Moment nicht weg, weil ihre Fami-
lie sie braucht."
„Ach, sie hat bloß kein Auto und vermutlich keine
Kohle für die Bahn."
Mich friert und gleichzeitig steigt mir das Blut in
den Kopf. Marie hat kein Geld, aber zwei Kinder.
Ich muss ihr helfen. Aber wie?
„Fahren Sie doch einfach hin! Naja, ist schon eine
weite Strecke. Achthundert Kilometer sitzt man
nicht mal so eben ab."
Achthundert Kilometer? Nach Norden, Westen und
Süden sind es von Chemnitz aus kaum mehr als
fünfhundert Kilometer.
„Wo wohnt sie denn?"
„Amsterdam. Wissen Sie das nicht?"
Betreten schüttle ich den Kopf.
„Nein. Das wusste ich nicht. Eigentlich weiß ich gar
nichts. Marie spricht nicht mit … über ihr Leben."
Wenn Judith erfährt, dass Marie keinen Kontakt zu

uns wünscht, wird sie nichts erzählen.

„Hast du sie besucht?", frage ich so locker wie möglich und strahle sie an.

„Nein. Wir trafen uns nur zufällig auf dem Defqon-Festival."

„Aha."

Mir sagt der Name gar nichts. Aber ich will nicht über eine Party reden, sondern über Marie.

„Hast du ihre Adresse?"

Judith denkt nach. Merkt sie, dass ich überhaupt keine Ahnung habe, was Marie betrifft?

„Leider nicht. Außerdem …", sie schaut mich schräg von unten an, „sagen mir die Typen nicht zu, mit denen Marie rumhängt. Treffen Sie sich lieber in einem Café."

Judith hebt kurz ihre Hand zum Abschied, dreht sich um und läuft davon.

Marie hat also zwei Kinder und lebt mit zwielichtigen Typen in einer Kommune in Amsterdam. Wenn ich Kommune in Amsterdam ins Handy eingebe, werden mir Stadtteile genannt. Ich verstehe unter Kommune keinen Stadtteil, sondern Wohngemeinschaften, die bürgerliche Vorstellungen von Moral, Eigentum und Leistung ablehnen. Vielleicht hat Judith wirklich nur von einem Stadtteil gesprochen. Sofort bin ich beruhigt. Allerdings sprach sie von schrägen Typen und einem Festival. Defkon oder so ähnlich. Bei Defkon zeigt mir die Suchmaschine

Firmen, bei Defcon einen amerikanischen Alarmzustand. Erst bei Defkon-Festival finde ich eine jährlich stattfindende Party der Hardstylemusikszene in der Nähe von Amsterdam. Es wird mit q geschrieben und heißt korrekt defqon.1. Ich klicke mich durch einige Videos, halte aber das wüste, irrsinnig schnelle Getrommel keine Minute aus. Angeblich steigern die furchtbar lauten Geräusche Glücksgefühle und führen zu emotionaler Erregung. Ich lese auch, dass sie Herzschlag und Atmung beschleunigen und den Blutdruck erhöhen. Wenn Marie solche lauten Geräusche hört, wird sie einen Hörschaden erleiden. Mich macht dieser drängende Rhythmus verrückt und ich frage mich, wie ein Mensch das aushält.

Mich macht auch das neue Wissen über Marie verrückt. Sie hat Kinder, aber vielleicht kein Geld und keine Wohnung und hört gesundheitsschädliche Musik. Vielleicht nimmt sie auch nach wie vor Drogen, die es angeblich in Holland ganz legal in jedem Café zu kaufen gibt.

Was soll ich nur tun? Wie kann ich mein Kind finden? Ich suche nach einer Lösung und grüble so lange, bis ich völlig frustriert und erschöpft einschlafe.

Marie

Amsterdam

Heute hat meine Mutter angerufen. Sie machte ein Theater, als wäre sonst etwas passiert. Nichts war! Ich sollte heimkommen, weil Jona weint. Was geht mich das an? Ich habe ihn geboren, aber er lebt vom ersten Tag seines Lebens bei meinen Eltern und das ist gut so und soll auch so bleiben.
Ich gehe meinen eigenen Weg und bin meinen Erzeugern zu nichts verpflichtet. Wenn meine Eltern damit Probleme haben, ist das allein ihre Sache. Mich geht das nichts an. Ich mag nicht so leben wie sie, weil das kein wirkliches Leben ist. Für sie besteht Familie aus Vater, Mutter und Kind und ist ihnen wichtiger als der Umweltschutz, was ich furchtbar finde. Dafür arbeiten sie täglich in einem Büro, statt den Kapitalismus zu bekämpfen. Solch einen monotonen Alltag lehne ich ab, weil das Stillstand bedeutet. Ich bin entschieden für Diversität und Vielfalt. Das begreifen meine Eltern nicht.

Im Grunde war ich froh, als ich endlich von daheim weg konnte. In Darmstadt lernte ich das wirkliche

Leben kennen, ging feiern und fuhr mit Freunden zu jedem Hardstyle- und Electronic-Festival. Wir waren sogar in Leipzig, also keine hundert Kilometer von Chemnitz entfernt. Nur einmal bin ich nach Hause gefahren, weil ich Geld brauchte. Doch die Alten haben sich nicht geändert. Sie gingen mir mit ihren Predigten über Arbeit, Wohnung und Jona auf die Nerven. Das hat mir gereicht. Für immer! Nie wieder werde ich meine Eltern aufsuchen. Wozu auch?

Bei Hard Groove geht echt die Post ab bei geilen Techno-Klängen. Man lernt coole Typen kennen, bin mit denen durch ganz Deutschland getourt und schließlich in Holland gelandet. Dort wollte ich sowieso hin, um dem ganzen Stress mit der heiklen Drogenbeschaffung zu entgehen. Holland ist liberal, was sich im Umgang mit Homosexualität, Marihuana und Prostitution zeigt. Die Menschen sind viel lockerer als die Deutschen. Gut ist, dass man in Amsterdam kein Auto braucht, mit dem Fahrrad kommt man überall leicht hin.

Zuerst lebte ich auf dem Land in einem Bauernhof. Doch das wurde mir schnell zu langweilig, zumal ich mich ständig *einbringen* sollte beim Pflanzen, Ernten, Tiere füttern und sogar Ausmisten. Das war eklig und außerdem nicht viel anders als daheim. Ständig wurde von mir irgend etwas erwartet. Ich sollte *gemeinsam* mit all den anderen etwas tun und immerzu über *alles* reden. Da wird man verrückt im Kopf.

Ich zog nach Amsterdam in einen Kraak, also ein besetztes Haus. Das ist zwar verboten, aber in Wirklichkeit schert sich keiner darum und stellt auch keine peinlichen Fragen. Mit Englisch konnte ich mich wunderbar verständigen, da schon kleine Kinder gut Englisch verstehen. Trotzdem sprach ich schon nach einem halben Jahr ganz passabel Holländisch. Man ließ mich in Ruhe den ganzen Tag auf meiner Matratze liegen oder irgend etwas basteln. Ich mache Armbänder aus Wolle, die ich aus alten Pullovern auftriesle. Und ich zerschneide alte Ledertaschen. Das ist nachhaltig und absolut angesagt. Das Zeug geht weg wie warme Brötchen auf Märkten und in Kringloops, die es hier zu Hauf gibt. Von dem Geld kaufe ich Quark und Joghurt für den Gemeinschaftskühlschrank. Ab und zu putze ich das Bad und wasche meine Klamotten. Mehr wird von mir nicht erwartet. Jeder macht, wozu er Lust hat.

Jordan macht Straßenmusik, zwei arbeiten auf Veranstaltungen, mein Freund Finn ist Fahrradkurier, Sylvie malt Bilder und verkauft sie wie ich auf alternativen Märkten.

Finn. Der Name bedeutet blond und er ist tatsächlich blond, erdbeerblond mit einem roten Bart. Er ist nicht der Vater meiner Zwillinge, denn ihre Haare sind schwarz und kraus wie die von Jordan.

Jordan kommt von Aruba, einer der holländischen Inseln. Ich dachte immer, die Leute dort hängen den ganzen Tag am Strand herum und kiffen. Aber das stimmt nicht. Die sind dort konservativer als in Deutschland und verhängen hohe Strafen, wenn man mit Drogen erwischt wird. Genau deshalb lebt Jordan in Holland.

In Aruba gibt es keine Landwirtschaft, nur Wüste, weil es kaum regnet. Alles außer Kartoffeln wird importiert und ist entsprechend teuer.

Dass meine Zwillinge von Jordan sind, war schnell klar, denn beide haben Jordans dunkle Haut und seine krausen schwarzen Locken. Ich habe glatte hellbraune Haare, die zwei anderen Typen in der WG auch und Finn ist blond. Also kam nur Jordan als Erzeuger in Frage.

Jordan mag keine Zwillinge. Er mag überhaupt keine Kinder. Ich eigentlich auch nicht. Aber sie stören nicht, leben frei in der Kommune, suchen sich ihre Schlafplätze und hungern müssen sie auch nicht. Finn stört es nicht, dass ich schon Kinder habe. Ihn stört auch nicht, wenn ich ab und zu mit Jordan schlafe.

Finn ist ein netter Kerl, aber irgendwie langweilig. Er schwärmt von meinen braunen Mandelaugen, dabei weiß er genau, dass ich sie überhaupt nicht mag. Er will mich sogar heiraten, obwohl er weiß, dass ich niemals heiraten will. Wo leben wir denn?

Im Mittelalter? Er interessiert sich für alles, was mich betrifft: Wie meine Eltern heißen, wo sie herkommen, ob ich Geschwister habe … der ganze bürgerliche Kram. Wozu? Ich habe ihm gesagt, dass meine Mutter eine Ostdeutsche ist und mein Vater unbekannt, vermutlich ein Mongole oder so, und dass ich in einem Heim aufgewachsen bin. Das hat ihn total mitgenommen. Ich habe auch behauptet, dass ich wegen meiner Augen gemobbt wurde. Seitdem sagt mir Finn jeden Tag, wie schön ich bin, was mich nervt. Doch wenn ich gewusst hätte, dass diese Geschichte so gut ankommt, hätte ich sie schon früher benutzt.

„Finn ist ein Glückstreffer", behauptet Sylvie.

„Das glaubst auch nur du", wehre ich ab. „Er ist ein Langweiler, der mit einem Haus, Frau, Kindern und einem Hund zufrieden wäre. Vielleicht noch ein Boot und ein Wohnwagen." Ich schüttle mich. „Entsetzlich!"

„Liebe ist nicht nur Sex. Vernunft und Liebe widersprechen sich nicht. Finn würde gut für dich und die Zwillinge sorgen."

„Ich kann selbst für mich sorgen."

„Heute vielleicht, aber nicht auf Dauer."

Ich weiß. Spätestens in zwei Jahren muss ich hier weg, weil in Holland ab dem fünften Lebensjahr Schulpflicht herrscht. Die meisten Kinder gehen mit vier Jahren in eine Art Vorschule. Ich halte nichts von Schule, weil man dabei die Kinder nur einengt und ihnen Unsinn beibringt, den keiner braucht. Vielleicht gehe ich nach Dänemark. Oder nach Kanada. Finn sagt, wohin ich auch gehe, er kommt mit. Am liebsten wäre ihm, wir würden nach Friesland gehen, wo seine Eltern leben und seine Schwester. Aber was soll ich in Friesland? Da kann man vielleicht Urlaub machen, Rad fahren und auf dem Wasser herumschippern. Aber ganz sicher nicht auf Dauer leben. Ich müsste arbeiten, mich wieder irgendwo einbringen. Vom Verkauf meiner Armbänder könnte ich nicht in Friesland leben.

Finn erzählt viel von seiner Schwester. Er vermisst sie, dabei hat sie das Down-Syndrom und kann sich vermutlich gar nicht an ihn erinnern. Seltsam finde ich, dass Tess in einem eigenen Appartement lebt, noch dazu mit einem Freund. Finn behauptet, sie hält ihre Wohnung selbst sauber und zahlt auch allein die Miete, die sie in einem Supermarkt verdient. Obwohl sie eine Betreuerin hat, will er sich um sie kümmern, sie so oft wie möglich sehen und mit ihr sprechen. Sie soll sehr freundlich sein und ein unglaubliches Gespür für das Wesen der Menschen haben. Angeblich wäre sie sehr kreativ und ich könnte ihr beibringen, wie man die Armbänder herstellt, die ich verkaufe.
Aber ich habe keine Lust auf Friesland und Finns Familie. Ich bin jung und will die Welt sehen. Die Zwillinge sind kein Problem. Ich müsste mir nur

einen alten Transporter besorgen, vielleicht einen
Bulli. In dem kann man locker mit zwei kleinen Kindern leben.

*****

Der Anruf meiner Mutter macht mich fertig. Warum
meldet sie sich und macht mir hier alles kaputt? Ich
hatte meinen Frieden gefunden und kaum noch an
Jona gedacht. Er ist bei meinen Eltern gut aufgehoben und braucht mich nicht. Und ich brauche ihn
nicht. Wäre ich nur nicht ans Telefon gegangen!
Ich scrolle durch die Fotos auf meinem Handy und
finde nach einer Weile das Bild vom Schulanfang
mit Jona und Max. Die Jungs sehen sich ähnlich.
Beide haben braune Haare, einer dunkle Mandelaugen und einer blaue. Wer ist wer? Sicher ist Jona der mit den dunklen Mandelaugen, die er von
mir und Timur hat. Die blauen Augen sind bestimmt
von Lena. Hatte Jonas Erzeuger blaue Augen? Ich
erinnere mich nicht an seine Augen, eigentlich an
gar nichts. Nur, dass wir nach dem Technokonzert
wie die Wilden übereinander hergefallen sind. Am
nächsten Tag war er verschwunden. Dass er mir
ein Ei gelegt hat, merkte ich erst viel später.
Sex ist großartig und außerdem wichtig für die Gesundheit. Deshalb lasse ich keine Gelegenheit aus,
mich zu amüsieren. Mit Jordan macht es im Bett
den meisten Spaß, doch ansonsten beachtet er

mich nicht, als würde ich nicht mit ihm in der gleichen Bude wohnen. Die anderen drei Kerle taugen nicht viel, nur Finn ist irgendwie besonders. Vor allem besonders anhänglich und besonders langweilig. Trotzdem sollte jeder einen Finn an seiner Seite haben. Noch nie zuvor habe ich mich so sicher gefühlt wie in seiner Nähe. Er mag sogar meine Zwillinge und will sie adoptieren, wenn wir heiraten. Aber daraus wird nichts, weil ich niemals heiraten werde. Schon gar nicht Finn.

„Was ist mit dir?", erkundigt sich Sylvie.
„Was soll sein?"
„Du bist so komisch in letzter Zeit."
„Du spinnst!"
Auch Finn belauert mich und lässt mich nicht aus den Augen, als müsste er mich vor irgend etwas beschützen.
Er nimmt mich in seine Arme und sagt: „Ich bin hier."
„Das sehe ich."
„Ehrlich, du wirkst so bedrückt."
„Weil ihr mich nervt! Alle beide!"
Wütend schnappe ich mein Fahrrad und fahre zum Markt. Aber ich habe kein Geld dabei, um etwas zu kaufen, was mich noch wütender macht. Spacecakes für eine bessere Stimmung kann ich mir nicht leisten und schnorre mich so durch. Finn will, dass ich die Finger von dem Zeug lasse. Er sollte lieber

die Finger von mir lassen, weil ich selbst weiß, was
und wer gut für mich ist.

Finn schiebt mein Rad ins Haus und trägt es hinauf
auf den Treppenabsatz. Dort schließt er es an. Ich
halte das nicht für nötig, weil mein Omafiets keiner
klaut. Jedenfalls ist mir das noch nie passiert, obwohl in Amsterdam jährlich mehr als 900.000 Fiets
gestohlen werden.
Im dunklen Hausflur schlingt Finn seine Arme um
mich. Das tut er oft. Meist schiebe ich ihn weg.
Doch heute tut es mir ausnahmsweise richtig gut.
Ich fühle mich geborgen und merke, wie mir die
Tränen in die Augen schießen. So ein Mist! Mich
hat noch nie jemand heulen sehen, schon gar nicht
Finn. Nicht einmal vor Sylvie lasse ich mich so
gehen.
„Was hast du?", fragt er. „Ich bin bei dir. Ich helfe
dir, was es auch ist."
Wütend schiebe ihn weg. Finn und seine nervige
Fürsorge. Ich mag sie nicht und nutze sie trotzdem
schamlos aus. Schließlich habe ich ihn nicht um
Hilfe gebeten, er drängt sie mir auf. Also darf ich
sehr wohl grob zu ihm sein.
„Ich merke doch, dass dich etwas bedrückt. Sag es
mir!"
„Dabei kannst du nichts tun."
„Wobei denn?"
Ich seufze und erzähle schließlich, dass Lena an-

gerufen hat und will, dass ich komme.

„Ist Lena deine Schwester?"

„So ähnlich." Ich überlege, ob ich weitersprechen soll und ärgere mich, überhaupt das Telefonat erwähnt zu haben. „Eigentlich ist sie die Frau, die mich geboren hat. Aber ich habe nichts mit ihr am Hut."

„Weil du nicht bei ihr aufgewachsen bist?"

Ich zucke mit der Schulter.

„Will sie dich endlich kennenlernen?"

„Kann sein."

„Das ist doch schön! Bist du gar nicht neugierig?"

„Überhaupt nicht!"

„Wir könnten zusammen zu deiner Mutter …"

„Sag nicht Mutter! Das war sie nie."

„Entschuldige!" Finn streicht meine Haare aus dem Gesicht. „Wir nehmen die kleinen Kaasköppe und fahren mit dem Zug nach Deutschland."

Ich stöhne.

„Bist du verrückt? Zehn oder mehr Stunden im Zug mit den Wänstern? Nie im Leben!"

Finn denkt nach und schlägt vor, Lena hierher einzuladen.

„Nie im Leben!", wiederhole ich und weiß genau, dass sie zusammenbricht, wenn sie sieht, wie ich hier lebe. „Außerdem weiß sie nicht, dass ich Kinder habe."

„Das weiß sie nicht?", echot Finn. „Dann wird es Zeit, dass sie es erfährt. Omas sind dazu da, ihre

Enkel zu verwöhnen."

Ich muss schlucken, weil Lena schon Oma ist und Jona bei ihr aufwächst. Sicher verwöhnt sie ihn mehr als gut ist.

„Halt dich da raus!", fauche ich.

„Ich will dir nur helfen."

„Ich habe dich nicht darum gebeten."

Gegen Abend kommt Sylvie auf mich zu.

„Finn und ich würden auf die Zwillinge aufpassen. Dann kannst du allein nach Deutschland fahren und deine Mu... äh ... die Frau besuchen, die dich geboren hat. Hauptsache, du bist zum Pakjesavond wieder hier."

Dieses Fest findet am Abend des 5. Dezember statt und ist traditionell Bescherung. Also nicht wie in Sachsen am 24. Dezember. Das wird groß mit der Familie gefeiert.

Finn begleitet mich zum Bahnhof und kauft mir die Fahrkarte. Ich hatte mir das komplizierter vorgestellt, weil ich kein Konto besitze und nur über Prepaid-Karten verfüge.

*****

Chemnitz. Timur klopft mir auf die Schulter und Lena fällt mir um den Hals. Am Ende fängt sie an zu heulen. Ich mag derartige Gefühlsausbrüche nicht. Die Jungs stehen abseits und mustern mich

halb ängstlich und halb neugierig. Sie sind richtig
groß geworden.
„Welcher ist es?"
Lena schiebt mir den mit den blauen Augen zu.
„Jona?", frage ich ungläubig.
„Du bist meine Mama?"
„Ich bin die Marie."
„Marie ist deine Mutter", erklärt Timur.
„Aber ich will nicht Marie zu dir sagen."
„Dann lass es!"
„Ich will Mama sagen."
„Du hast seit sechs Jahren eine Mama, einen Papa
und einen Bruder. Ich besuche dich nur heute und
fahre dann wieder nach Hause."
„Bist du etwa nicht hier bei uns zu Hause?"
Ich verdrehe die Augen, weil mich der Junge nervt,
und sehe, wie sich seine Augen mit Tränen füllen.
„Deshalb musst du nicht gleich heulen!"
Jona wendet sich ab und steht unschlüssig mitten
im Raum. Vielleicht will er lieber in sein Zimmer ge-
hen, hat aber Angst, etwas zu verpassen.
„Warum sagst du Lena zu deiner Mama?", will Max
wissen.
„Weil Lena ihr Name ist."
„Aber sie ist doch deine Mutti!"
„Na und? Sie sagt ja auch nicht Sohn zu dir, oder?
Sie nennt dich bei deinem Namen."
Max kichert und fragt, ob ich mit ihm spiele. Doch
dazu habe ich keine Lust. Außerdem gefällt mir

nicht, dass es hier nur Spielzeug für Jungs gibt wie Autos, Bausteine und Bagger. Und beide tragen blaue Kleidung. Das ist reine Manipulation. Lena behauptet, dass sich schon neugeborene Mädchen lieber Gesichter anschauen und Jungs Dinge. Das glaube ich nicht. Max und Jona blieben angeblich bereits als Zweijährige an jeder Baustelle stehen und schauten den Baggern zu. Für Puppen hätten sie sich nie interessiert. Ich kenne den wirklichen Grund: Hier gibt es keine einzige Puppe. Wo also sollte das Interesse herkommen?

Die Kinder werden 19 Uhr ins Bett geschickt.
„So früh?“
„Das ist ihre normale Schlafenszeit. Außerdem ist morgen Schule.“
„Na und? Sie wissen selbst, wann sie müde sind.“
„Das mag sein, aber Kinder brauchen Regeln.“
Lena schaut mich mit ihrem Mutterblick an, den ich hasse.
„Ich wurde nie weggeschickt, wenn Besuch kam.“
„Das stimmt. Wir haben viel falsch gemacht.“
„Was ist schon falsch und was ist richtig?“
„Jona kommt mit der Situation nicht zurecht, dass er bei mir aufwächst und er seine Mutter gar nicht kannte.“
„Kannst du nicht endlich Ruhe geben? Er lebt bei euch und dabei bleibt es. Außerdem ändert sich für ihn doch nichts, nur, weil er mich jetzt gesehen

hat."

„Doch. Sehr viel sogar. Plötzlich bin ich nicht mehr seine Mama und Max nicht mehr sein Bruder. Deshalb hat er seine ganze Hoffnung auf dich gesetzt. Er ist von uns enttäuscht."

„Und wenn schon. Es ändert nichts."

„Er fühlt sich belogen. Wir hätten ihm von Anfang an sagen müssen, dass wir seine Großeltern sind und seine Mutter …"

Sie räuspert sich und will mir gleich den nächsten Vorwurf um die Ohren hauen.

„Sags!", blaffe ich sie an.

„Seine Mutter möchte, dass er bei uns aufwächst."

„Ich bin nicht dafür verantwortlich, was ihr Jona erzählt oder nicht erzählt. Das ist allein euer Problem."

„Du hast Recht."

Lena schaut verlegen zu Boden. Aber ich sehe ihr an, dass sie eine ganze Batterie Vorwürfe loswerden will. Das muss ich mir nicht anhören. *Sie* hat vorgeschlagen, sich um Jona zu kümmern, zusammen mit ihrem eigenen Kind. Ich habe ihr meinen Sohn nicht aufgedrängt. Ich wollte abtreiben. Also soll sie mir nicht mit Moral und Verantwortung kommen. Die hat sie sich selbst aufgehalst. Immer musste ich mir anhören: Was man beginnt, führt man auch zu Ende. Nun hat sie den Salat und muss für Jona sorgen, bis er das allein kann. Sie hat kein Recht, sich zu beschweren.

„Mir geht es nicht darum, Jona an dich zu überge-
ben. Dazu ist es vermutlich zu spät, obwohl du im
gleichen Alter warst, als wir dich zu uns holten."
„Worum geht es dir dann?"
„Ich wünsche mir, dass du dich für dein Kind inter-
essierst, vor allem jetzt, wo du ihm so wichtig bist."
„Es geht nicht nach den Wünschen eines Kindes.
Er wird mich vergessen, wenn ich wieder weg bin."
Lena nickt und schaut mich gleichzeitig ungläubig
an. Gleich wird sie wieder davon faseln, dass eine
Mutter ihr Kind nie vergisst und dass sich ein Kind
immer nach seiner leiblichen Mutter sehnt. Ich lasse mir jedenfalls keine Schuldgefühle einreden und
höre gar nicht hin, als sie auch noch meinen Bruder Max in die Waagschale wirft.

*****

„Ich habe Judith getroffen. Sie berichtete, dass du
zwei Kinder hast."
Prüfend schaut mich Lena an.
„Und?"
„Ich möchte deine Kinder kennenlernen."
„Wozu?"
„Marie!" Sie wedelt mit den Armen wie ein Käfer,
der nicht fliegen kann. „Es sind meine Enkel."
„Na und? Sie leben in Amsterdam und verstehen
nur Holländisch."
„Das macht nichts."

166

Das sagt sie so und doch sehe ich ihr an, was sie denkt: Deutsch wäre ihre Muttersprache. Doch die Zwillinge werden Deutschland nie betreten, also müssen sie auch kein Deutsch sprechen. Sie sollen Englisch lernen, das allein ist wirklich wichtig.

„Du wärst die Letzte, der ich meine Kinder anvertraue."

Lena schaut mich an und sagt kein Wort. Mir wird klar, dass ich Blödsinn rede. Sechs Jahre lang habe ich ihr meinen Sohn überlassen, ohne mir jemals Gedanken zu machen. Mir war gleichgültig, wie sie ihn erzieht. Mit den Zwillingen ist es anders. Sie wachsen unbekümmert in der Wohngruppe auf. Immer ist irgendwer da, der auf sie aufpasst, ihnen etwas zu essen gibt oder die Nase putzt. Sylvie ist ganz vernarrt in die zwei.

„Zeige mir Fotos von ihnen!", fordert sie.

Das fehlte noch. Ich höre jetzt schon ihre tausend Fragen, wenn sie sieht, dass beide eine dunkle Haut und schwarze Kraushaare haben.

„Es sind Zwillinge."

„Wie schön!", kreischt sie, was ich recht albern und übertrieben finde.

„Ich schick dir Bilder aufs Handy", sage ich schnell und hoffe, dass sie jetzt Ruhe gibt.

„Wunderbar!", ruft sie aus, aber ich höre deutlich ihre Enttäuschung. „Wie heißen sie? Wie alt sind sie?"

Geht die Fragerei nun doch los? Ich habe keine

Lust zu antworten.

„Im Februar werden sie zwei Jahre alt. Aber jetzt muss ich los."

„Mitten in der Nacht? Timur ist noch nicht da. Er wird enttäuscht sein, wenn du weg bist. Du hast nicht gesagt, dass du so schnell … Bald ist Weihnachten …"

„Jaja", unterbreche ich sie. „Aber in Holland feiert man den Nikolaustag und der ist in der nächsten Woche."

„Dann komm mit den Kindern zu Weihnachten zu uns, mit deinem Mann natürlich. Das wäre doch schön."

Mit meinem Mann? Typisch Lena. Wer Kinder hat, ist auch verheiratet.

„Nein, das geht nicht."

Lena packt meinen Arm und fleht mich an, wenigstens noch einen Tag zu bleiben.

„Timur hat Nachtdienst bei seinem Bruder."

Ich erinnere mich an keinen Bruder. Oder doch? War da nicht eine Behinderung? Siedend heiß fällt mir ein, dass ich Serik sehr wohl kenne und sogar hin und wieder mit ihm spielte. Wir tippten auf Bilder in so einem lustigen Apparat, der reden konnte. Ich hatte viel Spaß, wenn ich auf einen Fisch und einen Sessel zeigte und damit den Apparat durcheinander brachte, weil ja ein Fisch nicht in einen Sessel gehört. Aber ich wusste nicht wirklich etwas mit ihm anzufangen. Einmal lachte er mich an und ich erschrak bis ins Mark, weil er seinen Mund weit aufriss, die Hände verkrampfte und dabei sein Kopf zur Seite fiel. Ich wusste nicht, was ich machen sollte, denn ich war allein mit ihm. Seitdem habe ich mich nicht mehr getraut, ihn zu besuchen. Was wohl aus ihm geworden ist? Aber ich frage nicht nach, weil es sowieso nichts bringt und mich auch nicht wirklich interessiert.

„Wir haben noch gar nicht miteinander geredet", beklagt sich Lena. „Wie und wovon lebst du? Was machst du so? Bist du glücklich?"

Genau dieses unerträgliche Verhör wollte ich von Anfang an vermeiden.

„Halb fünf geht mein Zug und bin halb zwei in Amsterdam."

„Schreib mir, wenn du angekommen bist!"

Lena schnäuzt sich und ich sehe, dass ihre Augen ganz rot sind. Es wird Zeit, dass ich hier wegkomme.

*****

Finn steht am Bahnhof und wedelt mit einem Fähnchen. Zum Glück hat er keine Deutschlandfahne gewählt und auch keinen albernen Blumenstrauß. Er umarmt mich, als hätten wir uns jahrelang nicht mehr gesehen. Dabei war ich kaum zwei Tage weg, wenn ich die ewig lange Fahrerei nicht mitrechne.

„Wie war´s? Habt ihr euch gut verstanden, du und deine …", er räuspert sich, „...Lena?"
Er hat sich sogar ihren Namen gemerkt. Finn merkt sich alles, was mit mir zu tun hat. Meist geht mir das auf die Nerven, aber es ist auch praktisch und tut hin und wieder auch gut. Ich zucke mit der Schulter und versichere ihm, dass ich heilfroh bin, wieder hier zu sein.
„Willst du erst heim und dich frisch machen oder gleich in einen Coffeeshop? Die Kinder sind mit Sylvie im Park."
Duschen brauche ich nicht. Aber ein Drink und so ein besonderer Keks dazu wäre wunderbar.

Sinterklaas

Finn nervt. Er will unbedingt, dass ich endlich seine Eltern kennenlerne, wozu ich überhaupt keine Lust habe. Andererseits wären ein paar Tage mit gutem Essen und einer warmen Stube nicht zu verachten. Also stimme ich schließlich zu. Leider ist schon das Packen ist eine nervige Aufgabe. Ich besitze nur einen Rucksack für meine Klamotten, muss aber noch Sachen für die Zwillinge und Windeln für Malik mitschleppen. Zum Glück hat Finn Platz in seiner großen Reisetasche. Kayla schmeißt sich kreischend auf den Boden, weil ich ihren riesigen Plüschaffen nicht mitnehmen will. Ich werfe ihr das seltsam riechende Schnüffeltuch über den Kopf und schon ist Ruhe. Sie packt es, wickelt es um ihre Hand und drückt es gegen Mund und Nase. Ich wollte es schon wegwerfen, aber das wäre dumm, denn der Fetzen beruhigt sie.

Finn trägt die schwere Tasche und hält Kayla an der Hand. Malik lässt sich nicht anfassen. Er rennt kreuz und quer über Wege und Bahnsteige und ich habe meine liebe Not, ihn einzufangen, was ihm offenbar großen Spaß macht. Wir fahren mit dem Zug drei qualvolle Stunden durch flaches Sumpfland und müssen außerdem zwei Mal umsteigen bis nach Sneek, weil Oppenhuizen, wo Finns Eltern leben, keinen Bahnhof hat. Das wundert mich nicht bei gerade mal tausend Einwohnern. Finns Vater holt uns vom Zug ab. Er ist sehr groß und schlank und umarmt seinen Sohn fest und innig.

„Klaas", stellt er sich vor.

„Sinterklaas!", ruft Kayla begeistert aus, versteckt sich aber sofort hinter mir, was ich recht albern finde. In letzter Zeit fremdelt sie, was ich ihr nicht durchgehen lasse.

„Nein, nur Klaas. Der Sinterklaas kommt erst übermorgen."

Malik will sofort hochgehoben werden, doch ich erinnere ihn, dass er Beine zum Laufen hat.

„Oppenhuizen und Uitwellingerga sind Zwillingsdörfer", erklärt Klaas und zeigt auf die Zwillinge. „Wir nennen sie Top und Twel."

Ich lächle und Kayla singt: „Top, top, tippitop."

„Lieke hat Stamppot gekocht."

Kartoffelbrei. Hoffentlich mit Möhren und nicht mit Grünkohl. Finns Mutter heißt also Lieke. In Holland duzt man sich. Das finde ich viel besser als das steife Sie in Deutschland, das leider bei den Alten nach wie vor üblich ist. Aber das geht mich nichts an, weil ich nie wieder nach Deutschland zurück-kehre. Das Gesums um regelmäßige Mahlzeiten ging mir bei Lena mächtig auf den Geist. In Holland ist alles viel unkomplizierter. Man isst früh und mittags Brot mit Butter und Schokostreuseln oder einen Pfannkuchen mit Sirup. Abends oder für Gäste wird Fleisch gegrillt, dazu Pommes mit einer Art Mayonnaise. Fertig.

Fast hätte ich vergessen, dass Finns Schwester Tess Downsyndrom hat. Aber es fällt mir sofort wieder ein, als ich sie sehe. An ihr ist alles rund: die Schultern, die Arme, der ganze Körper und vor allem ihr Gesicht. Sie geht strahlend auf mich zu und ich weiß nicht so recht, wie ich mich verhalten soll. Plötzlich bleibt sie stehen und winkt mir aus drei Meter Entfernung zu. Erleichtert winke ich zu-rück. Tess breitet ihre Arme aus und die Zwillinge werfen sich jubelnd hinein, als kennen sie Tess schon ewig.

„Ich will bei dir sitzen!", verkünden sie gleichzeitig.

„Nein. Mein Platz ist hier", erklärt sie und zeigt auf

einen Stuhl. „Ihr seid Besuch und müsst dort auf der Bank sitzen.“

Ich mag solch strenge Vorgaben nicht. Auch die Zwillinge rebellieren normalerweise gegen jeden Befehl. Heute nicht. Sie erhalten jeder ein Kissen und rutschen klaglos auf die Bank.

Kayla und Malik stopfen sich Kartoffelbrei in den Mund, als hätten sie drei Tage nichts gegessen. Die Kleine beißt sogar in die geräucherte Wurst, obwohl sie sonst nur Fritten mit süßem Ketchup, Pfannkuchen mit Sirup oder Brot mit Zucker isst. Wurst hat sie bisher genauso wie Fisch und Käse abgelehnt. Malik dagegen schmeckt alles, Fleisch ebenso wie Kräuterkäse oder saure Gurken und natürlich Süßigkeiten.

Am nächsten Morgen gibt es Butterbrot mit Zuckerstreuseln. Malik kippt sich gleich drei Sorten der bunten Streusel auf den Teller. Alle lachen.

Nur Tess sagt ruhig: „Sou niche. Du nur eene Sorte auf Brot. So!“

Sie streut nur wenige Schokostreusel auf ihre Butterschnitte und beißt dann vorsichtig ab.

Ich fürchte schon, dass Malik vor Wut alles auf den Boden wirft. Aber er hält mit seinen kleinen dicken Fingern die Dose, kippt einige Krümel auf das Brot und beißt ebenso vorsichtig ab wie Tess. Dann strahlt er die junge Frau an, an der er einen Narren gefressen hat. Beide Kinder haben kein Problem mit dem Kauderwelsch von Tess. Ich dagegen verstehe nicht, was sie sehr undeutlich murmelt, obwohl sie seit vielen Jahren zur Sprachschule geht. Finn sagt, sie lernt sehr leicht, doch sie vergisst alles sehr schnell wieder. Immerhin spielt sie ganz hervorragend gut mit den Kindern und weiß sie wunderbar zu beschäftigen. Das schenkt mir viel Zeit, um mit Finn durch das Flachland und ans Meer zu spazieren.

„Wie gefällt es dir hier?“

„Naja“, druckse ich.

Das flache Land und das viele Wasser mag ich überhaupt nicht.

„Kannst du dir vorstellen, hier zu leben?“

Mich wundert seine Frage, denn ihm sollte längst klar sein, dass ich nicht in Friesland versauern will.

„Wir könnten uns ein Häuschen suchen und hier mit den Kindern leben.“

Du meine Güte! Am Ende noch heiraten! Ich glaube, ich sollte schleunigst die Reißleine ziehen und hier verschwinden. Doch zuerst kommt der Sinterklaas, der so ähnlich wie unser Weihnachtsmann Geschenke bringt.

In Amsterdam kamen Sinterklaas und seine Pieten bereits im November mit dem Dampfschiff an, was in der Stadt groß gefeiert wurde. Mir ist das zu viel Trubel, aber es ist gleichzeitig recht lustig und aufregend für die Kinder. Der Sint sieht aus wir eine Mischung zwischen Weihnachtsmann und Bischof und die Pieten machen viel Quatsch und werfen Bonbons und Schokolade in die Menge. Das gefällt natürlich den Kindern.

Hier in Oppenhuizen wohnen kaum tausend Leute, aber es gibt einen Weihnachtsmarkt, einen speziellen Sint-Shop mit Schokolade und Kostümen und sogar eine Kinderdisco. Der ganze kleine Ort ist in heller Aufregung und bringt mich zum Lachen. Für die Kinder sind natürlich die Geschenke am wichtigsten.

Ich habe für Tess und Lieke hübsche Armbänder gefertigt und für Finn und seinen Vater jeweils eine Flasche Bier besorgt. Für Schnaps hat mein Geld nicht gereicht. Kayla packt begeistert einen kleinen Holzpuppenwagen mit einer Stoffpuppe aus und Malik jubelt über einen Holzbagger mit bunten Bausteinen. Ich finde es nicht richtig, dass der Junge mit Autos spielen darf, während das Mädchen früh lernen soll, für Kind und Haushalt da zu sein.

„Es ist frauenfeindlich, wenn ein Mädchen mit einer Puppe spielen muss", erkläre ich.

„Meine!", schreit Kayla, umklammert ihre Puppe und versteckt sich hinter Tess.

„Frauenfeindlich?", fragt diese erstaunt spricht das schwierige Wort sehr deutlich aus. „Wie geht fraufeindlich, wenn keine Geschlechter gibt?"

Will mich diese Gestörte auf den Arm nehmen? Ich bin sehr wohl eine Frau, will mich aber keinesfalls dieser starren Rolle unterordnen. Und ich will auch meine Kinder nicht in solch eine Rolle pressen. Sie sollen sich ohne jede Einmischung frei entfalten dürfen und werden, was immer sie sein wollen.

Mir geht das Familiengedöns auf die Nerven, der Festbraten, die Regeln und das freundliche Getue. Mir tun schon die Mundwinkel weh vom dauernden Lächeln.

„Fährst Weihnachten zu Eltern?", fragt mich Tess.

„Nein."

Ich tische ihr die Geschichte von meinem schlimmen Leben im Kinderheim auf und fühle mich gut dabei. Im ersten Moment sieht es so aus, als ob mich Tess tröstend in die Arme schließen will, doch kurz vor mir bleibt sie stehen, runzelt die Stirn, schaut mich prüfend an und dreht sich weg. Was hat sie nur? Ist sie nicht in der Lage, Mitgefühl zu empfinden?

„Marie hat ihre Mutter erst vor wenigen Tagen kennengelernt", erklärt Finn.

Wieder schaut mich Tess schräg von unten an, als hätte ich etwas Ekliges im Gesicht, weshalb ich mir automatisch mit der Hand über die Wangen streife. Eigentlich wollte ich ihr einen Vogel zeigen, aber ich reiße mich zusammen und lächle ihr zu. Doch sie dreht sich weg. Ich mag sie nicht.

Zufällig höre ich, wie Lieke zu Finn sagt, dass Tess mich nicht mag. Na und? Ich mag sie auch nicht. Tess hätte ein gutes Gespür für Menschen und glaubt, ich sei nicht gut für Finn. Was bildet die sich ein? Umgekehrt wird ein Schuh draus: Finn ist nicht gut für mich. Die ganze Familie geht mir auf die Nerven. Immerhin verteidigt mich Finn und erinnert seine Mutter an meine schwierige Kindheit. Ich bin heilfroh, als wir endlich wieder abreisen.

Enthüllung

In der Bude ist es kalt. Mein alter Heizlüfter funktioniert nicht, weil das Kabel defekt ist und Finn nicht weiß, wie man Strom vom Nachbarn anzapft. Außer mir und Finn ist keiner hier, denn alle sind in den Weihnachtsferien. Nur Kjell hängt in seinem Zimmer ab, wie immer sturzbetrunken.

Ich liege mit Finn im Bett. Die Kinder toben um uns herum. Kayla stößt sich den Kopf und weint.

„Gib Ruhe! Dein Kopf ist ja noch dran."

Doch Kayla schreit weiter. Um sie abzulenken, drücke ich ihr mein Handy in die Hand und lasse sie einen Zeichentrickfilm schauen. Sofort kuschelt sie sich zufrieden in mein Kissen.

„Da is ein Junge drauf", kräht sie fröhlich und singt: „Wer is das? Is das? Is das?"

Sie hält mir das Handy so dicht vor die Augen, dass ich nichts erkenne. Immerhin sehe ich, dass sie Whats App geöffnet hat.

„Du sollst nicht darauf herumwischen!", herrsche ich Kayla an.

„Doch!“, schreit sie und wirft das Handy weg.

Zum Glück fällt es nicht auf den Boden, sondern landet weich auf dem Kopfkissen. Finn greift danach.

„Du, das ist eine Nachricht für dich“, sagt er und reicht mir das Handy.

„Lass mich gucken!“, brüllt Kayla so laut sie kann. „Meine!“

Auf dem Display sehe ich Jona und dazu den Text: *Komm bidde bidde zu Weinachdn!*

Zu blöd zum Schreiben, aber ein Foto bringt der kleine Mistkerl zustande. Eilig schalte ich das Handy aus.

„Will gucken!“, schreit Kayla.

„Lass sie doch!“, bittet Finn.

„Schluss jetzt!“, befehle ich. „Noch ein Ton und ihr dürft nie wieder mein Handy anfassen.“

Doch Kayla schreit weiter. Jetzt weint auch Malik.

„Raus aus meinem Bett! Zieht euch an und zwar fix!“

„Sie sind erst zwei Jahre alt“, versucht Finn, mich zu beruhigen.

Dann greift er Kayla und klemmt sie sich wie ein Paket unter den linken Arm, mit dem rechten packt er Malik. Die Zwillinge strampeln mit den Beinen und kreischen vergnügt, während ich mich unter der Decke verkrieche. Ich will heute liegen bleiben und weiß nicht, wohin mit meinem Zorn. Was erlaubt sich Jona, mir zu schreiben? Hat Lena ihm meine Nummer gegeben? Ich werde noch heute meinen Anschluss kündigen.

„Frühstück ist fertig!", ruft Finn und Kayla zupft an meinen Haaren.

„Lass das!", fauche ich und ziehe die Decke fester um meinen Kopf.

„Ich habe Pfannkuchen gemacht, mit Sirup."

„Lass mich!"

„Du musst aufstehen!"

„Ich muss gar nichts", brumme ich.

Finn setzt sich zu mir aufs Bett und zieht mir die Decke vom Gesicht.

„Du sagst du mir jetzt, was dich so durcheinander gebracht hat!"

„Nichts."

„Die Nachricht auf deinem Handy?"

„Wie kommst du darauf? Lass mich in Ruhe!"

„Ich will das jetzt wissen. Seit du zurück bist aus Deutschland …"

„Was soll sein? Ich hasse Deutschland!"

„Aber jetzt bist du wieder hier und schnauzt alle an: die Kinder und mich, obwohl dir keiner was getan hat." Finn ergreift meine Hand, die ich ihm sofort wieder entziehe. „Ich habe das Bild von dem Jungen gesehen und auch den Text gelesen."

„Auf *meinem* Handy? Spinnst du!?"

„Was ist mit diesem Jungen und wieso sollst du Weihnachten zu ihm kommen?"

„Nichts. Nur so ein blöder Irrläufer, ein Fake oder

eine dumme Anmache. Was weiß ich."
„Dann würdest du dich nicht so aufregen."
„Wer regt sich denn auf? Doch nur du!"
Im gleichen Moment versiegt mein Zorn und ich fange an zu weinen. Was ist nur los mit mir? Kann es sein, dass mir Jonas Bild und das Wort Weihnachten so an die Nieren gehen? Sechs Jahre bin ich wunderbar ohne einen Gedanken an Jona ausgekommen. Mir hat nichts gefehlt, doch seit dem irrsinnigen Besuch in Chemnitz geht mir das Bild meines Jungen nicht mehr aus dem Kopf. Ich werde noch verrückt! Aber das ist allein meine Sache. Ich schiebe Finn zur Seite, ziehe meine Socken über, steige aus dem Bett und werfe die alte Jacke über mein Schlafshirt. Trotzdem ist mir kalt. Jetzt brauche ich dringend einen heißen Kaffee und Pfannkuchen. Dann geht es mir wieder gut.

*****

„Der Junge auf dem Handy ... also ich kenne den", gestehe ich und versuche zu lächeln, aber es gelingt mir nicht. Eigentlich geht die Sache Finn nichts an, aber ich ersticke, wenn ich jetzt nicht darüber rede.
„Das dachte ich mir."
„Naja, eigentlich kenne ich ihn nicht wirklich."
„Erzähl weiter!", bittet Finn.
Ich kann nicht. Meine Kehle ist plötzlich wie zuge-

schnürt und ich habe Mühe, nicht loszuheulen. Fest kneife ich in meine Hand. Der Schmerz lenkt ab und macht mich wieder stark. Im Grunde ist es gleichgültig, ob Finn weiß, dass ich einen Sohn habe, weil es ihn nichts angeht. Und weil ich nicht vorhabe, Jona wiederzusehen. Bis jetzt ist er ohne mich ausgekommen und ich ohne ihn.

„Wie heißt er?", bohrt Finn weiter.

„Jona", hauche ich und muss mich räuspern. Trotzdem ist mein Hals trocken und ich krächze: „Er ist mein Sohn."

„Er ist *dein Kind*?"

Finns Stimme schnappt fast über. Fassungslos starrt er mich an. Das macht mich so wütend, dass ich im gleichen Moment wieder Oberwasser habe.

„Na und? Was ist daran so aufregend?"

„Du hast es nie erwähnt."

„Warum sollte ich?"

„Weil es dein Kind ist, verdammt noch mal."

„Eben! Es ist *meins!* Worüber regst du dich eigentlich so auf?"

„Weil du bis jetzt nie etwas gesagt hast. Du tust, als gäbe es dieses Kind nicht."

Ich zucke mit der Schulter, denn mich hat Jonas Existenz bisher nie berührt. Ich bin nicht die erste Mutter, deren Kind anderswo aufwächst.

„Wieso ist dein Sohn nicht bei dir?"

„Meine Güte! Ich war siebzehn und hatte andere Dinge im Kopf als ein Baby. Ich wollte leben, frei sein. Verstehst du das nicht?"

Ich sehe ihm an, dass er es tatsächlich nicht versteht.

„Lebt er im Heim? Hast du ihn besucht, als du in Deutschland warst?"

„Geh mir nicht auf den Kranz!", schnauze ich. „Das ist allein meine Sache."

„Ob er im Heim lebt, habe ich gefragt."

„Wenn du so schreist, sage ich gar nichts mehr."

Finn rubbelt mit seiner Hand über den Kopf und verschränkt dann seine Arme vor der Brust.

„Der Junge lebt bei meinen Eltern."

„Bei deinen *Eltern*?" Finn fasst sich wieder an den Kopf. „Aber du hast doch gesagt, dass du keinen Vater hast und im Heim aufgewachsen bist."

„Willst du nun wissen, wie es damals war oder auf alten Geschichten herumreiten?", fahre ich ihn an.

„Lena war zur gleichen Zeit schwanger wie ich."

„Deine Mutter?"

„Meine Mutter", äffe ich ihm nach. Genervt verdrehe ich die Augen, weil er so schrecklich langsam begreift. „Sie war damals erst vierunddreißig Jahre alt und bekam am gleichen Tag wie ich auch einen Sohn. Die beiden Kinder wachsen seit ihrer Geburt bei meinen Eltern auf; wie Zwillinge."

Finn läuft im Zimmer hin und her und macht mich ganz nervös mit diesem Gerenne.

„Bei deinen Eltern? Das heißt, du kennst sehr wohl deinen Vater."

„Na und?“

„Deine Eltern ziehen dein Kind groß, damit du *frei* leben kannst, während du Schauergeschichten vom Kinderheim erzählst. Was bist du nur für ein Mensch?“

Ich verstehe dieses ganze Theater nicht.

„Für uns ändert sich doch nichts.“

„Doch! Alles ändert sich. Alles.!

„Wieso? Du hast doch damit nichts zu tun.“

„Weil du mich belogen hast.“ Finns Stimme ist so leise, dass ich ihn kaum verstehe. „Ich vertrage alles, nur keinen Betrug.“

„Das ich nicht mein Problem.“

Finn fährt sich schon wieder mit der Hand durch seine Locken und dann über den Mund.

„Du hast Recht.“

Er bleibt vor mir stehen. Dann packt er mit beiden Händen meine Oberarme und schüttelt mich so heftig, dass mein Kopf hin und her fliegt.

„Du tust mir weh!“, schreie ich.

„Geh mir aus den Augen oder ich vergesse mich!“, presst er zwischen den Lippen hervor.

„Dann lass mich los, du Arsch!“

Finn lässt meine Arme los, die plötzlich entsetzlich schmerzen. Er schaut mich von oben herab an, was mir unangenehm ist.

„Du weißt, dass ich dich gern habe, aber ich weiß jetzt, dass ich dich überhaupt nicht kenne. Vermutlich bist du nicht einmal in einem Heim aufgewachsen.“

„Und wenn es so wäre?“

Finn hebt den Arm und lässt ihn gleich wieder fallen, als hätte er keine Kraft. Nun, ich bin ihm keine Rechenschaft schuldig.

„Ich muss nicht jedem mein Leben auf die Nase binden“, zische ich.

„Nein, das musst du nicht. Nur ehrlich solltest du sein. Ich kann dir nicht mehr vertrauen.“ Er seufzt und schaut auf seine Schuhe. „Du bist kalt wie Hundeschnauze. So jemanden kann ich nicht lieben. Lass es dir gut gehen.“ Er geht zur Tür, dreht sich noch einmal um und sagt: „Tut mir leid.“

Als er längst im Flur ist, rufe ich ihm nach: „Mir nicht!“

Und doch tut es mir leid. Ich wollte ihn nicht kränken und auch nicht belügen. Es hat sich alles von ganz allein so ergeben. Aber ich werde ihm nicht nachlaufen. Wenn er mich nur unter seinen eigenen Bedingungen mag, dann ist es eben so.

Am nächsten Tag ist Finn nicht mehr da. Ich bin mit den Kindern allein in der Bude, was gar nicht so übel ist. Die Zwillinge toben den Flur entlang und räumen das Geschirr aus den Schränken. Was macht man den ganzen Tag mit zwei so kleinen Kindern? Außer mir ist keiner da, der mit den Zwillingen spielen kann. Zudem ist die Bude saukalt. Ich müsste endlich Wäsche waschen, aber die blöde Maschine funktioniert nicht. Einkaufen muss ich auch, aber mit den Kleinen im Schlepptau ist mir das zu anstrengend. Außerdem herrscht Ebbe in meinem Geldbeutel. Ich finde in der Küche eine Packung Nudeln, etwas Ketchup und Haferflocken. Die Flocken müssen wir mit Wasser und viel Zucker essen, weil die Milch sauer ist. Ich mag nicht jeden Tag Nudeln mit Ketchup essen. Zum Glück schmeckt das wenigstens den Kindern.

Seltsamerweise fallen mir ausgerechnet jetzt die Festbraten ein, die Lena an den Feiertagen auftischte. Mir läuft das Wasser im Mund zusammen. Dabei mag ich seit Jahren kein Fleisch mehr. Ihr Nachtisch war immer besonders lecker. Vielleicht hätte ich doch mit den Kindern zu den Eltern fahren sollen. Dort wäre es schön warm und es gäbe endlich etwas Anständiges in den Bauch. Aber ich habe kein Geld für eine Fahrkarte und sowieso keine Lust auf Familie. Das war ein dummer Gedanke, ein ganz dummer.

Es wird Zeit, dass die anderen wiederkommen. So langsam freue ich mich sogar auf Finn.

*****

Vermutlich wird Finn übers Fest bei seinen Eltern bleiben. Ich schicke ihm eine WhatsApp: *Geht es dir gut? marie und äffchen* und hänge drei Affensmileys an. Doch er meldet sich nicht. Das finde

185

ich seltsam. Ist er etwa sauer auf mich?

Ich brauche dringend Geld und versuche, auf den Amsterdamer Weihnachtsmärkten meine Armbänder zu verkaufen. Doch einige Märkte kosten Eintritt. Schwarz verkaufen zieht empfindliche Strafen nach sich, also versuche ich mein Glück bei den Händlern. Nur einer lässt sich erweichen, mir fünf Bänder abzukaufen für acht Euro das Stück. Ein reines Verlustgeschäft. Doch für das Geld kann ich Würstchen mit Pommes für mich und die Zwillinge kaufen. Vielleicht sollte ich ins Umland ausweichen, nach Dordrecht oder Mastricht, wo es weniger Konkurrenz gibt. Doch mit den Zwillingen im Schlepptau ist mir das zu anstrengend, obwohl bei vielen Leuten das Geld locker sitzt, wenn Kinder dabei sind, vor allem in der Weihnachtszeit.

Daheim will ich die Flurlampe anschalten, aber sie geht nicht an. Auch die in meinem Zimmer nicht. Ich fürchte, das Abzapfen beim Nachbarn ist wieder aufgeflogen. Leider verstehe ich nichts von Elektrik und weiß nicht, wie ich an Strom komme. Nun kann ich mir nicht einmal einen Kaffee kochen oder Nudeln zum Mittag. Die hängen mir zwar zum Hals raus, aber was anderes kann ich mir nicht leisten. Aus dem Kühlschrank tropft es. So eine Sauerei! Zum Glück sind außer Ketchup keine weiteren Lebensmittel drin.

Für den Strom war Jasper zuständig. Doch der

kommt nicht wieder, weil seine Freundin nicht in unsere Gruppe ziehen will. Keine Ahnung, wie er an diese Zicke geraten ist und was er in ihr sieht. Sie will ein Haus, zwei Kinder und einen Hund und Jasper zum Spießer machen. Schrecklich!

Als Sylvie endlich auftaucht, falle ich ihr erleichtert in die Arme.

„Gut, dass du endlich hier bist!"

Auch die Zwillinge sind ganz aus dem Häuschen vor Freude und wollen gleich mit ihr spielen. Ich erkläre ihr, dass die Waschmaschine kaputt ist und ich nicht einkaufen gehen kann, weil ich kein Geld habe, denn ich habe schon lange keine Armbänder mehr verkaufen können.

„Gut, dass du endlich hier bist!", wiederhole ich.

„Ich werde den Winter nicht in dieser kalten Bude verbringen", teilt mir Sylvie mit.

„Was meinst du damit?"

„Ich habe eine gut bezahlte Arbeit mit Personalwohnung in einem Hotel gefunden."

„Du hast *was*?" Fassungslos starre ich sie an. „Aber du ziehst nicht aus, oder?"

„Personalwohnung! Hast du nicht verstanden? Mit Heizung, einem sauberen Bett, saubere Wäsche, täglich warme Mahlzeiten und zusätzlich Geld."

Mich packt der Neid, als ich mir vorstelle, wie Sylvie adrett gekleidet an einem Tisch sitzt mit weißer Tischdecke und Tafelspitz mit Klößen und Rotkraut verzehrt, hinterher noch ein dickes Stück Sahnetorte.

„Und was wird mit mir?"

Vor Wut kommen mir die Tränen und ich habe Lust, Sylvie zu schlagen, mitten ins Gesicht.

„Du kannst auch nicht ewig in dieser Bruchbude bleiben. Schon wegen der Kinder."

Wegen der Kinder kann ich auch nicht in einem Hotel wohnen. So sieht es aus!

„Du bist nicht fair!", schreie ich Sylvie an und Kayla fängt an zu heulen. „Alles war doch gut bis jetzt."

„Aber alles hat seine Zeit. Für mich wird es Zeit zu gehen und für dich auch. Denk an die Kinder!", fordert sie, nimmt Kayla auf den Arm und schaukelt sie hin und her.

Als ob ich das nicht rund um die Uhr mache. Ohne Sylvie, Finn und Jasper kann ich die Bude nicht halten. Ich weiß auch nicht, wann Jordan und die anderen zurückkommen. Vielleicht kommen sie gar nicht mehr. Es ist die volle Katastrophe.

„Du hast es vermasselt", stellt sie seelenruhig fest.

„Ich war deine Freundin."

„War? Du *warst* meine Freundin und bist es nicht mehr?"

Sylvie schüttelt den Kopf.

„Tut mir leid. Du hast uns belogen, mich und Finn und die anderen auch. Das versteht keiner."

„Muss auch keiner verstehen. Es ist *mein* Leben."

„Du hast uns Schauergeschichten aus deiner Kind-heit im Heim aufgetischt, von deinen unbekannten

Eltern, die hinten und vorn nicht stimmen, nur, um als Opfer dazustehen und bemitleidet zu werden. Aber deinen Sohn hast du verschwiegen. Warum?"
„Er lebt seit seiner Geburt bei meinen Eltern. Ich habe studiert und kenne den Jungen gar nicht."
„Genau das meine ich. Im Grunde kennst du auch deine Zwillinge nicht. Sie wurden eher von mir, Finn und den anderen versorgt als von dir."
„Hat dich einer dazu gezwungen?"
Sylvie winkt ab.
„Du hast mit deinen Lügen Finn vertrieben. Er hat dich ehrlich geliebt. Leider …"
„Ich brauche dein Mitleid nicht. Geh doch! Am besten gleich."
Sylvie will ihren Arm um mich legen, aber ich drehe mich weg. Sie soll nicht sehen, wie mir die Tränen in die Augen schießen, weil sie so gemein und rücksichtslos zu mir ist. Ich will sie nicht mehr sehen. Niemanden will ich sehen. Ich brauche keinen von denen.

„Kommt!", rufe ich den Zwillingen zu, greife ihre Winterjacken und halte die Tür auf. „Dalli!"
Draußen merke ich, dass Kayla barfuß ist, weshalb ich sie tragen muss, was ich hasse. Wenn ein Kind endlich laufen kann, soll man es nicht mehr herumschleppen. Keine zwei Minuten später habe ich das Gefühl, die Kleine wiegt mindestens zwanzig Kilogramm und nicht zehn oder zwölf wie tatsäch-

lich. Zurück in die Wohnung will ich aber nicht und hoffe, dass Sylvie mit all ihrem Kram verschwunden ist, bevor ich zurück bin. Malik trägt zum Glück gefütterte Hausstiefel.

Ich schiebe ihn in den nächstbesten Laden, ein An- und Verkaufsgeschäft, und setze Kayla ab. Sie lässt sich sofort auf den Boden fallen und kriecht zu einem Regal, in dem alte Puppen liegen. Malik schaut mich seelenruhig an, hebt seinen Arm und wirft die große Vase um, die am Eingang stand. Sie zerspringt in viele Teile.

Sofort steht die Inhaberin vor mir, schaut mich mit zusammengekniffenen Augen an und zischt: „Siebzehn Euro fünfzig bekomme ich von dir. Sofort!"

„Spinnst du? Du bist versichert und das ist ein kleines Kind."

„17,50 Euro!", wiederholt sie barsch. „Der Junge hat die Vase absichtlich umgeworfen und Vandalismus ist nicht versichert. Zahlst du jetzt oder soll ich die Polizei rufen? Zwei Türen weiter ist die Wache, sie sind in einer Minute hier."

Fassungslos starre ich die alte Frau an. Solch eine Unverschämtheit ist mir noch nie passiert.

„Achte auf dein Kind!" Sie zeigt auf Kayla, die nach einer der Puppen greift. „Sonst wird es teurer."

Und schon greift die Alte nach dem Telefon.

Ich ziehe meinen Geldbeutel unter dem Pullover hervor und kippe den Inhalt auf den Boden. Einige Münzen rollen unter das Regal und Kayla sammelt sie auf. Auch Malik findet das Spiel lustig. Ich weiß nicht, wie viel Geld es ist, aber vermutlich kaum zehn Euro.

„Hier kaufen wir nicht mehr", verkünde ich laut, packe die Zwillinge und gehe hinaus.

„Hoffentlich!", ruft die Alte. „Sobald ich dich sehe, verriegle ich die Tür."

Olaf

Mir ist elend zumute. Mitten auf dem Marktplatzes lasse ich mich einfach auf den Boden sinken. Die Pflastersteine sind hart und kalt.

„Warum weinst du?", fragt mich jemand.

Ich hebe den Kopf und sehe einen Mann mit einem langen weißen Zopf und einem schwarzen Bart. Der Typ ist mindestens fünfzig Jahre alt, trägt aber moderne schwarze Trackpants.

„Du musst einen Hut oder eine hübsche Schale auf den Boden stellen. Auf die Steine werfen die Leute ihr Geld nur ungern."

Ich will nicht wissen, was er meint und schaue mich nach den Zwillingen um. Sie spielen mit Geldmünzen. Wo haben sie das viele Geld her? In diesem Moment wirft eine Frau zwei Euromünzen in Kaylas Schoß.

„Goldige Kinder!", ruft sie mir zu.

Wieso werfen die Leute mit Geld? Sie glauben, ich

bin eine Bettlerin, schießt es mir durch den Kopf.

„Ich bettle nicht!", zische ich grimmig.

„Nein? Das Geld würde ich trotzdem aufsammeln und der Kleinen Schuhe kaufen. Es ist kalt heute." Kayla saust barfuß über den Platz.

„Deine Belehrungen kannst du für dich behalten!"

„Na na, warum so kratzbürstig? Ich bin der Olaf." Die hingestreckte Hand übersehe ich.

„Sind das deine Kinder?"

„Zugelaufen."

Olaf lacht und ich lache mit.

„Hast du Kummer?"

Ich schüttle den Kopf, fange aber gleich wieder an zu heulen.

„Die Welt ist beschissen!", spucke ich aufs Pflaster.

„Na na, so schlimm kann es nicht sein. Schau, die Sonne scheint!"

Gott, ist der Typ doof. Was geht mich die Sonne an?

„Soll ich dich heimbringen?"

Spinnt der jetzt? Glaubt der alte Knacker, dass ich es so nötig habe und mit ihm ins Bett gehe?

„Nein. Aber du kannst mich in einen Coffeeshop einladen."

„Und die Kinder?"

Mist! An die hatte ich gar nicht gedacht. Die dürfen natürlich in keinen Coffeeshop.

„War nur´n Witz", murmle ich und erhebe mich.

Mein Hintern tut weh vom langen Sitzen auf den

Steinen.

„Kommt!", rufe ich den Kindern zu, sammle die Geldstücke auf und stopfe sie in meine Tasche. Es sind mindestens zwanzig Euro. Der Tag ist also gerettet.

„Wohnst du hier in der Nähe?"

„Du bist ja immer noch da!", empöre ich mich.

Dann packe ich mit jeder Hand einen Zwilling und laufe los. Kayla fängt sofort an zu schreien.

„Warte! Ich kann sie tragen", bietet der Kerl an.

„Die hat Beine. Siehst du das nicht?"

„Aber keine Schuhe. Und hier liegen Scherben."

„Das geht dich nichts an. Was willst du überhaupt von mir?"

„Helfen will ich. Du siehst so verloren aus."

„Dann muss ich mich jetzt suchen", scherze ich, aber Olaf lacht nicht. „Ich kann dich nicht abschleppen, weil ich keine Bleibe habe. Kapierst du das?"

Olaf starrt mich an, als hätte er nicht verstanden.

„Dann komm mit zu mir!", bietet er an.

„So läuft der Hase nicht."

Mich packt die Wut auf diesen aufdringlichen Typ und auf meine blöde Situation. Ich bin sauer auf Finn, Sylvie und mein ganzes Leben. Außerdem habe ich Hunger, zumal mir der Duft nach frisch Gebackenem in die Nase steigt.

„Pommes!", greint Malik und zeigt auf einen Kiosk.

„Gehen wir hin!", bestimmt Olaf. „Ich lade euch ein."

Malik saust sofort los. Was bleibt mir übrig, als ihm zu folgen? Ich bestelle einen Teller Poffertjes und gebe jedem Zwillinge eins davon. Malik hat sofort einen verschmierten Mund und klebrige Hände, während Kayla den Puffer mit nur zwei Fingern hält und vorsichtig abbeißt. Ich könnte glatt noch eine Portion verdrücken.

„Cola!", schreit Malik.

„Kannst du nicht in ganzen Sätzen sprechen?", tadle ich.

„Nein!" Der Junge stampft auf und verlangt noch einmal lautstark eine Cola.

Ich krame in meiner Tasche, aber Olaf ist schneller und hält jedem Kind einen Becher Cola hin.

Olaf erzählt, dass er aus Norwegen kommt und auf dem Weg nach Spanien ist. Und zwar mit einem Wohnmobil.

„Das ist ja wunderbar!", rufe ich aus. „Irgendwann kaufe ich einen Bulli und reise um die Welt und bleibe dort, wo es warm ist und man keine Jacke braucht."

„Und keine Schuhe", ergänzt Olaf und zeigt auf Kaylas nackte Füße.

Obwohl ich seine Bemerkung garstig finde, muss ich lachen.

„Wollt ihr meinen Bulli sehen?"

„Jaaa!", kreischen beide Kinder wie aus einem Mund.

„Wow!", hauche ich anerkennend, als ich das riesige Auto sehe, das an einen Armeelaster erinnert, obwohl es himmelblau gestrichen ist. „Ein Bulli ist das nicht."

„Ein Unimog. Ich habe ihn umgebaut. Willst du hineinschauen?"

Will er mich in das Fahrzeug locken? Und dann? Argwöhnisch trete ich einen Schritt zurück. Doch meine Neugier ist größer als mein Misstrauen.

„Du hast ja ein deutsches Kennzeichen!", rufe ich aus.

„Ich bin Deutscher. Aus der Nähe von Frankfurt."

„Und ich stamme aus Ostdeutschland, aus Chemnitz."

„Dann können wir ab sofort deutsch reden."

„Ich mag kein Deutsch."

„Aber ich! Ich lebe in der Fremde, doch die Sprache ist mein Zuhause, meine Heimat, meine Nationalität."

„Du bist ein komischer Kauz."

Wenn ich schon Heimat und Nationalität höre, geht mir der Hut hoch. Olaf lacht.

„Isch kann gudd hessisch babble und du kannst mich auf Sächsisch amüsieren."

„Sächssch", korrigiere ich.

Plötzlich mag ich ihn. Über eine Leiter steige ich ins Innere des Wohnmobils, Olaf hebt die Kinder hoch zur Tür. Mich überrascht, wie geräumig es drinnen ist. Sofort fällt mir im hinteren Bereich ein riesiges ungemachtes Bett auf, was mich etwas nervös macht. Doch die Zwillinge springen darauf und hüpfen wild auf und nieder, was mich ein wenig beruhigt. Weiter entdecke ich eine grob gezimmerte Bank, eine Art Tischplatte, ein Kochfeld, Kühlschrank und ein Regal mit vielen grauen Kisten aus Plastik.

„Meine Schränke", erklärt Olaf. „Und hier", er zieht einen Vorhang zurück, „sind eine kleine Dusche und das Klo."

„Mitfahren!", kreischt Malik.

„Mit-mit-mit!", singt Kayla.

„Und du?" Olaf schaut mich an. „Willst du auch mitfahren?"

Natürlich nicht. Der Typ spinnt doch. Doch insgeheim stelle ich mir vor, wie unglaublich toll es wäre, mit solch einem Mobil durchs Land zu brausen und frei zu sein.

„Das geht nicht", antworte ich sehr bestimmt.

„Warum nicht? Was hindert dich daran? Oder wer?"

Wer oder was hindert mich eigentlich daran, einfach mitzufahren? Niemand! Finn ist nicht mehr da und Sylvie auch nicht. Ich bin niemandem verpflichtet. Außerdem lebe ich schon viel zu lange in Amsterdam. Es wird Zeit für eine Abwechslung.

„Und wenn wir uns nicht verstehen?"

„Dann schmeiße ich dich raus und fahre allein mit den Kindern weiter."

Nun muss ich doch lachen.

Wir fahren zum Haus und packen meine Sachen und die der Zwillinge in meinen Rucksack und einen großen Müllbeutel. Viel ist es nicht.

Außer Kjell ist niemand in der Wohnung.

„Wo sind die anderen?", frage ich, aber er ist wieder einmal so betrunken, dass er meine Frage gar nicht versteht.

„Hier hast du gehaust?", fragt Olaf und zeigt auf das Chaos in der Küche und die herumliegenden Decken.

„Immerhin komfortabler als deine Armeeschüttel", gebe ich zurück."

Dabei weiß ich selbst, dass wir überhaupt keinen Komfort hier in der Bude haben, nicht einmal ansatzweise. Immer gibt es ein Problem mit dem Wasser. Strom müssen wir abzapfen und können hin und wieder weder kochen noch heizen. Im Unimog ist zwar weniger Platz als hier, aber man kann unterwegs überall anhalten, in einen See springen oder sich auf eine Wiese legen. Nun, vielleicht nicht ausgerechnet jetzt Mitte Dezember.

Die Welt gehört ab jetzt mir! Ich werde alles dafür tun, um mitfahren und auch bleiben zu dürfen. Mit Olaf werde ich schon zurecht kommen.

Die Kinder toben nicht lange in Olafs Riesenbett. Sie werden schnell müde und schlafen ein.

„Du willst nach Spanien?", frage ich.

„Ja. Nur dort darf man wild campen. In Holland ist es ebenso verboten wie in Portugal, Griechenland, Kroatien und Deutschland. Zeltplätze haben zwar Wasser und Strom und oft einen Gasthof, aber sie sind teuer. Deshalb verbringe ich die Winter immer in Spanien.“

Das wusste ich nicht.

„Die Lebensmittel sind in Spanien erheblich billiger als in Norwegen, das Klima ist angenehm, die Sonne scheint mehr als in anderen europäischen Ländern. In Andalusien kann es schon mal knapp zwanzig Grad warm werden.“

Das klingt ganz wunderbar! Ich stelle mir vor, wie ich in der Sonne liege und Rotwein trinke. Die Zwillinge spielen am Strand und stören mich nicht. Auf einmal wird schnell dunkel, obwohl es gerade erst 16 Uhr ist. Da entdecke ich das Richtungsschild *Deutschland.*

„Wieso fährst du nach Deutschland? Über Belgien und Frankreich ist es viel kürzer nach Spanien.“

„Weil man in Deutschland auf Parkplätzen, am See und in Waldeinfahrten im Wagen übernachten darf, wenn man angibt, das sei nötig zur *Wiederherstellung der Fahrtüchtigkeit.*“

Über die vielen Vorschriften in Deutschland kichern wir so heftig, dass Olaf anhalten muss.

„Ich habe mal gelesen, dass die Deutschen deshalb nicht laut auf der Straße singen, weil sie auf die Genehmigung dafür warten.“

Und schon lachen wir noch heftiger.

„Außerdem leben meine Eltern in Braunfels. Das liegt in der Nähe von Frankfurt."

„Und? Willst du die etwa besuchen?"

Auch das noch! Weihnachten bei Mutti. Ich bin fassungslos. Und was soll ich inzwischen machen?

„Zweimal im Jahr verbringe ich ein paar Tage bei ihnen. Ansonsten rufe ich sie jeden Sonntag an."

„Brav", spotte ich.

„Pflegst du keinen Kontakt zu deinen Eltern?"

„Ich habe keine", behaupte ich und schaue Olaf traurig an.

„Das tut mir leid. Wie alt bist du überhaupt?"

„Vierundzwanzig. Und du?"

„Mehr als doppelt so alt. Im nächsten Jahre werde ich Fünfzig, ich könnte also locker dein Vater sein."

„Einverstanden", sage ich sofort.

Ich hatte mir schon Gedanken gemacht, wie ich das leidige Sexproblem umschiffe. Zwar bin ich nicht wählerisch, aber Olaf als Vaterersatz scheint mir perfekt.

*****

Olaf erzählt, dass er vor gut zwanzig Jahren eine stattliche Summe im Lotto gewann. Er nahm sofort Urlaub und flog mit seiner Freundin in die Karibik. Anschließend schenkte er ihr einen VW-Golf. Er erzählte ihr, für sich habe er einen großen Mercedes gekauft, was die Freundin begeisterte. Doch es war keine Limousine, sondern der Unimog.

„Was willst du mit der hässlichen Kiste?", schimpfte sie.

„Ich werde sie zum Camper umbauen lassen und durch die Welt reisen."

Doch daraus wurde nichts, weil die Freundin lieber in einem schicken Hotel wohnt als auf einem Zeltplatz. Außerdem war sie schwanger und wollte ein Haus mit Garten für die Familie. Als sie erfuhr, dass der Camper 250.000 Euro gekostet hatte und vom Lottogewinn nicht mehr viel übrig war, trennte sie sich von Olaf und heiratete einen Lehrer, der ihr all das bieten konnte, was sie sich wünscht. Olaf blieb noch ein Jahr in der Nähe, um seine Tochter zu sehen. Aber es gab immer Streit mit der Freundin. Schließlich fuhr er mit seinem Camper durch Skandinavien. In Norwegen gefiel es ihm so gut, dass er seitdem seine Sommer dort verbringt und die Winter in Spanien. Das Weihnachtsfest feiert er bei seinen Eltern in Braunfels.

Er zeigt mir wunderschöne Fotos von seinen Reisen und auch von seiner Tochter. Er liebt seine Ella sehr, obwohl er sie nur zwei Mal im Jahr sieht. Sie halten Kontakt über WhatsApp und Ella besucht häufig seine Eltern.

*****

Das Leben ist wunderschön. Wir frühstücken im Wohnmobil und gehen abends schön essen. Meist biete ich direkt im Lokal meine Armbänder an, auch unterwegs auf den Weihnachtsmärkten. Durch die Zwillinge mit ihren schwarzen Locken fallen wir überall auf und erweichen so manches Herz. Ich weiß nicht, ob es an den Kindern liegt oder an der Adventszeit. Jedenfalls ist es kein Problem, pro Armband zwanzig Euro zu kassieren. Am besten verkaufen sich die mit eingearbeiteten Perlen und Seidenfäden. Man darf sich nur nicht von den Ordnern erwischen lassen. Olaf gefällt das nicht, aber ich will mein eigenes Geld haben und nicht komplett auf ihn angewiesen sein.

„Wir sind da!", verkündet Olaf.

Mir gefällt die waldreiche Gegend rund um Braunfels. Das Schloss mit seinen vielen Türmchen sieht man schon von weitem. Olaf sagt, es ist nach wie vor in Familienbesitz. Wie man wohl in solch einem riesigen Schloss wohnt? Braunfels mag ich sofort. Wir parken in der Nähe des Marktplatzes, der von niedlichen Fachwerkhäusern umgeben ist.

„Ich will nur schnell Wein, Pralinen und Blumen für meine Eltern kaufen. Lebensmittel brauchen wir für die nächsten Tage nicht, weil Mutter uns fürstlich bekochen wird."

„Und was mache ich?"

„Du kommst mit! Das habe ich dir schon hundert Mal gesagt."

Das gefällt mir, obwohl mir etwas mulmig ist, mit den Zwillingen in einen fremden Haushalt einzufallen.

„Hat deine Mutter nichts gegen die Kinder?"

„Aber nein. Außerdem habe ich sie per WhatsApp informiert. Sie freuen sich."

Dann muss ich das wohl glauben, obwohl es mir schwer fällt. Wir sind schließlich in Deutschland und nicht mehr in Holland, wo man unkomplizierter mit Fremden umgeht. Olafs Eltern sind sicher uralt, da er bereits fünfzig ist. Außerdem ist nächste Woche Weihnachten, das Fest der Familie mit allen Geschwistern, Tanten und Onkel. Zu solch einem Fest bittet man keine Unbekannten ins Haus. Aber ich habe keine Wahl. Wo sollte ich auch hin? Allein wäre es kein Problem, aber mit den Zwillingen im Schlepptau bin ich aufgeschmissen.

Überfall

Ich stehe vor dem Wohnmobil und warte auf Olaf. Endlich kommt er aus dem Supermarkt, ich winke ihm zu.

„Halt!", ruft er aufgebracht, wedelt wild mit seinen Armen und läuft auf mich zu. „Nein! Nein!"

Plötzlich spüre ich einen dumpfen Stoß im Rücken. Verwundert schaue ich mich um und blicke in zwei schwarze Augen, die mich aggressiv anfunkeln.

Bevor ich reagieren kann, falle ich wie in Zeitlupe auf das Pflaster. Gleichzeitig sehe ich aus den Augenwinkeln, wie ein Mann mit einer langen Stange auf Olaf einschlägt. Dann wird mir schwarz vor Augen.

Dumpf spüre ich, wie mir jemand ins Gesicht fasst. Lass das!, will ich sagen, bringe aber kein Wort heraus. Mühsam öffne ich die Augen und erkenne eine rote Jacke mit einem grellgrünen Streifen. Schnell schließe ich die Augen wieder.

„Können Sie sprechen?", fragt eine Männerstimme.

„Klar", krächze ich.

„Wie ist Ihr Name?"

„Marie. Marie Omarow."

„Ist das Ihre Tasche?"

Durch den Spalt meiner halb geöffneter Augen erkenne ich meinen bunten gehäkelten Beutel.

„Hmm."

„Wir haben Sie notversorgt und bringen Sie jetzt ins Krankenhaus. Dort wird man Sie röntgen."

Röntgen? Bin ich verletzt? Aber mir tut nichts weh.

„Was ist denn passiert?"

„Vermutlich sind einige Rippen gebrochen. Wir haben Ihnen ..."

„Wo sind meine Kinder?", unterbreche ich ihn.

„Kinder?"

Die Sanitäter schauen sich an.

„Camper", stottere ich. „Sie sind da drin."

Die Beiden schlummerten friedlich, als ich aus dem

Wagen stieg.

„Alles gut. Wir kümmern uns."

„Ich kann …"

„Sie bleiben liegen!"

Ein Mann steigt aus dem Saniwagen und spricht mit jemanden. Ich kann nichts verstehen. Mühsam versuche ich, mich zu erinnern. Und dann weiß ich wieder, dass mich etwas Hartes in den Rücken stieß und ein Mann mit einer Stange auf Olaf einprügelte. Olaf! Mit ihm und den Kindern bin ich seit zwei Tagen im Wohnmobil unterwegs.

„Wo wollten Sie hin?"

„Zu Olafs Eltern."

Mir kommen die Tränen. Das ist alles zu viel. Ich weiß nicht, ob die Kinder in Ordnung sind, wo Olaf ist und wo ich seine Eltern finde.

„Wo wohnen diese Eltern? Wie heißen sie?"

„Das weiß ich nicht. Was ist denn los? Kann ich jetzt meine Kinder holen?"

„Ganz ruhig. Alles wird gut. Sie kommen jetzt ins Krankenhaus und wir kümmern uns um Ihre Kinder."

Die Zwillinge haben keine Probleme mit Fremden, aber ich bekomme plötzlich Panik. Ich weiß nicht, wo Olaf ist. Ich kenne seinen Nachnamen nicht. Ich weiß nur, dass ein Mann Olaf mit einer Stange niederschlug.

„Und Olaf? Wo ist er?", schreie ich und spüre sofort einen heftigen Schmerz in Brust und Rücken.

„Bleiben Sie ruhig liegen! Wir bringen Sie jetzt ins Krankenhaus."

Eine Ärztin verpasst mir eine Spritze und ich schaue sie wütend an.

„Ist er tot?"

„Herr Hofmann wurde mit dem Hubschrauber nach Frankfurt geflogen."

Plötzlich werde ich schrecklich müde.

„Marie! Frau Omarov! Öffnen Sie die Augen! Hören Sie mich?"

Ich höre alles, aber meine Lider sind so schwer, dass ich die Augen nicht öffnen kann. Doch das ist mir gleichgültig.

*****

„Sie hatten Glück im Unglück, denn eine Operation ist nicht nötig. Die zwei gebrochenen Rippen heilen von allein. Nur auf Sport sollten Sie vorerst verzichten und nichts Schweres heben."

Sport. Sehe ich so aus, als ob ich Sport mache? Schwer heben muss ich auch nicht, die Zwillinge können laufen. Wo sind die eigentlich? Irgendwas hat man mir gesagt, aber ich konnte nichts damit anfangen.

Ich erfahre, dass ich zur Beobachtung noch eine Nacht im Krankenhaus bleiben muss und morgen nach Hause darf. Nach Hause? Wo ist das? Ich kann nicht zurück in mein Zuhause in Amsterdam, weil ich alle Zelte abgebrochen habe und mit Olaf nach Spanien will. Wo ist er überhaupt? Einfach allein weitergefahren? Ohne mich? Oder liegt er wie ich im Krankenhaus? Irgendwie erinnere ich mich verschwommen daran, dass ein Mann mit einer Stange auf ihn einschlug. Aber ich bin mir nicht sicher.

All meine Sachen liegen im Wohnmobil. Ich trage ein hässliches Shirt, das mir die Krankenschwester brachte, weil die Sanitäter meinen Pullover aufgeschnitten haben.

„Kriminalkommissar Schmidt und Polizeikommissarin Steinbach", stellt ein Mann sich und seine Begleiterin vor.

„Frau Marie Komarov?"

„Ja. Was wollen Sie?"

„Sie wohnen in Chemnitz?"

„Wie kommen Sie darauf?"

„Wir haben Ihren Ausweis und die Adresse überprüft."

Mit der Polizei will ich nichts zu tun haben. Meist bedeutet das Schwierigkeiten oder zumindest Ärger. Doch am Ende muss ich ganz genau den Hergang des Überfalls berichten. Mir werden so viele Fragen nach dem Woher und Wohin gestellt, dass mir der Kopf dröhnt. An den Täter erinnere ich mich nicht, nur an seine schwarzen hasserfüllten

Augen. Im Gegenzug erfahre ich allerdings nicht, wo meine Kinder sind und wie es Olaf geht. Zudem bekomme ich schlecht Luft und habe bald keine Kraft mehr, all die Auskünfte zu geben.

„Bitte gehen Sie!", fordere ich die Polizisten auf.

„Halten Sie sich für weitere Befragungen bereit!", heißt es zum Abschluss.

Darauf können die lange warten, denn morgen darf ich gehen, weiß aber selbst noch nicht, wohin. Ich muss nur zuvor meine Sachen und meine Kinder holen. Doch jetzt brauche ich Ruhe. Ich rufe die Schwester und bitte um eine Kopfschmerztablette. Endlich kann ich einschlafen und träume so deutlich von Olaf, als stünde er neben meinem Bett.

*****

Am nächsten Morgen erklärt mir der Arzt, dass Olaf in der Frankfurter Unfallklinik liegt und das Ausmaß seiner Verletzungen noch unklar ist. Heißt das, er kann nicht laufen und auch nicht Auto fahren? Was wird aus unserem Plan, den Winter in Spanien zu verbringen? Was wird aus mir? Und wo soll ich mit den Zwillingen hin? Ich kenne hier keine Menschenseele und ein Hotel kann ich mir nicht leisten. Ich werde einfach im Unimog schlafen, bis Olaf wiederkommt.

„Hier!" Eine Sozialarbeiterin hält mir einen Zettel entgegen. „Das ist die Adresse, wo sich Ihre Kinder aufhalten.“

Ich tippe Straße und Hausnummer in mein Handy und versuche, mich zu orientieren. Es ist eine Privatadresse bei einer Familie Hofmann. Hofmann. Wo habe ich den Namen schon einmal gehört? Zwanzig Minuten zu Fuß schaffe ich locker. Doch zuerst muss ich mich umziehen. Meine Sachen sind im Wohnmobil, doch einen Schlüssel für das Fahrzeug habe ich nicht.

„Wenden Sie sich an die Polizei!“, rät die Sozialfrau.

Polizei. Sie werden wieder Fragen stellen, obwohl ich nicht weiß, wer mich und Olaf mit einer Eisenstange schlug. Und warum. Sie werden herausfinden, dass ich keinen festen Wohnsitz habe und mir Schwierigkeiten wegen der Kinder machen.

„Hallo, Mäuschen“, höre ich eine leise Stimme.

„Lena?“, rufe ich überrascht aus und will sofort aufspringen vor Freude und Erleichterung. Aber der Schmerz in meiner Brust lässt mich zusammenfahren. „Woher weißt du ...?“

„Die Polizei hat uns informiert. In deinem Ausweis steht zum Glück noch die Chemnitzer Adresse.“

Mir ist die Situation schrecklich peinlich und doch könnte ich heulen vor Glück.

„Timur sucht noch einen Parkplatz, aber ich konnte nicht warten.“ Sie umarmt mich vorsichtig und ich habe das Gefühl, sie mag mich nicht mehr loslassen. „Wie geht es dir?“

„Naja. Ich wollte gerade los und die … Also ich wollte gerade meine Kinder holen. Sie sind …“

Ich halte Lena mein Handy hin, damit sie die Adresse lesen kann, obwohl ich weiß, dass ihr das nicht viel nützt. Im gleichen Moment sehe ich Timur in der offenen Tür stehen. Er winkt mir verlegen zu.

„Wo ist deine Tasche?“ Er schaut sich um. „Ich bringe sie ins Auto.“

Typisch Timur. Er denkt praktisch und hat für Gefühle nicht viel übrig.

„Meine Sachen sind noch im Wohnmobil. Auch die der Zwillinge.“

„Das erledige ich gleich.“

„Du weißt doch gar nicht, wo der Camper steht“, bremst Lena.

„Guten Tag!“ Der Arzt drängt sich an Timur vorbei und legt einen Umschlag aufs Bett. „Darin ist der Entlassungsbrief.“

Lena grüßt ebenfalls und stellt sich als meine Mutter vor.

„Ihre Tochter muss sich ein paar Tage schonen, die Rippen heilen von allein. Besorgen Sie sicherheitshalber Schmerztabletten.“

*****

„Sie sind also Marie“, begrüßt uns ein alter Herr und bittet uns ins Haus.

„Das sind meine Eltern."

Ich zeige auf Lena und Timur. In einer sehr modern eingerichteten Stube sitzt eine alte Frau im Sessel, hält auf jedem Bein eins meiner Kinder und liest ihnen aus einem Buch vor. Dabei verstehen die Kinder überhaupt kein Deutsch.

„Kayla! Malik!", rufe ich.

Kayla winkt mir kurz zu, Malik patscht mit seiner Hand auf das Buch und befiehlt: „Verder!"

Die Frau schiebt die Zwillinge vom Schoß und erhebt sich ächzend.

„Hofmann", sagt sie und reicht jedem die Hand. „Ich bin Olafs Mutter."

Lena zögert kurz, als wolle sie die Hand verweigern, doch dann umarmt sie die fremde alte Frau.

„Darf ich Ihnen etwas zu trinken anbieten? Kaffee, Tee, Wasser oder Saft?"

„Gern einen Kaffee", sage ich, während Lena und Timur höflich ablehnen.

„Setzen Sie sich doch!", bittet der Mann.

Lena setzt sich auf einen Stuhl, Timur bleibt an der Tür stehen und ich kauere mich zu den Kindern auf den Teppich.

„Hatten Sie viel Mühe?", erkundigt sich Lena und zeigt auf die Zwillinge.

„Aber nein. Sie haben uns abgelenkt. Es ist eine Freude, sie hier im Haus zu haben." Die alte Frau lächelt, aber nur mit dem Mund. Ihre Augen blicken ernst, fast traurig. „Meine Enkelin wird jeden Mo-

ment hier sein und sich um sie kümmern.“
„Das ist nicht nötig. Wir fahren gleich“, bestimmt Timur.

„Sie will für alle Nudeln mit Tomatensoße kochen. Das mögen doch die Kinder?“

„Wunderbar!“, rufe ich aus.

„Wir bleiben nicht. Wir fahren gleich“, wiederholt Timur energisch. „Wir wollen nur die Sachen aus dem Camper holen. Wissen Sie, wo der steht?“

„Ja, wir wissen, wo der steht und haben auch den Schlüssel.“

„Wir mussten ja die Sachen für die Kinder aus dem Auto holen. Viel ist es nicht“, ergänzt der Mann.

„Und meine Tasche?“, frage ich. „Die Sanitäter haben meinen Pulli aufgeschnitten. Ich habe nichts anzuziehen.“

Mich wundert, dass man so alten Leuten zwei Kleinkinder anvertraut. Die Frau wirkt erschöpft und kann sich nur schwer bewegen. Der Mann ist zwar etwas fitter, zählt aber mindestens achtzig Jahre. Beide wirken sehr bedrückt. In diesem Moment klingelt es. Gleichzeitig öffnet sich die Tür und eine junge, sehr ernste Frau kommt in die Stube.

„Ich bin Ella, Olafs Tochter.“

Sie umarmt zuerst ihre Oma und gibt dann jedem die Hand.

„Kochst du uns Kaffee und das Mittag?“, fragt Frau Hofmann ihre Enkelin.

„Das ist nicht nötig", bestimmt Timur. „Wir haben noch einen weiten Weg bis Chemnitz."

„Aber die Kinder brauchen etwas Warmes in den Bauch."

„Wir halten unterwegs und wollen nur die Sachen aus dem Wohnwagen."

„Dann wollen wir Sie nicht aufhalten." Ella wirkt verärgert. „Wir fahren gleich nach Frankfurt in die Klinik." Sie schaut ihre Oma an und die nickt ihr zu. „Mein Vater ist vor einer Stunde gestorben."

„Oh mein Gott!", ruft Lena aus. „Wie schrecklich!"

Timur murmelt: „Mein Beileid. Ihnen allen."

„Olaf ist tot?", frage ich ungläubig.

„Tot-tot-tohot", singt Kayla.

„Die Eisenstange hat ihm den Schädel, das Rückenmark und den linken Oberschenkel zertrümmert."

Ella schaut mich ernst an. Auch die Alten wirken sonderbar gefasst.

„Eisenstange?", wiederholt Timur entsetzt.

„Wer macht so etwas?", fragt Lena.

So eine blöde Frage!

„Wir hoffen, dass er von all dem nichts mehr mitbekommen hat und sind dankbar für seine Erlösung."

Erlösung? Wie kann man so etwas sagen, wenn jemand gestorben ist.

„Der Arzt sagte, er hätte sowieso keine Chance gehabt, obwohl sie trotzdem mit stundenlangen Operationen versuchten, ihn am Leben zu halten."

„Lieber tot als ein Krüppel", murmelt Timur leise.

Lena wirft ihm einen bösen Blick zu.

„Tot-tot-tohot", singt Kayla wieder.

„Scht!", zische ich und klopfe auf ihren Arm.

Sofort fängt sie an zu schreien und kriecht auf Frau Hofmanns Schoß. Die streicht ihr sanft die Locken aus dem Gesicht und wendet sich an mich.

„Sie gehören zu uns, liebe Marie, obwohl Sie gekommen sind, um zu gehen."

Was redet diese Frau?

„Sagen Sie doch Du zu mir", bitte ich.

Frau Hofmann nickt mir zu.

„Ich bitte dich nur um eins, bevor du gehst: Erzähle uns von Olaf, wie ihr euch kennengelernt, was ihr zusammen gemacht und was ihr geplant habt. Alles."

Und ich erzähle alles und lasse nichts aus. Wie mich Olaf auf der Straße aufsammelte und glaubte, ich sei eine Bettlerin. Die Tage im Wohnmobil, dem großen Bett, in dem wir zusammen mit den Kindern schliefen. Und unser Plan, den Winter in Spanien zu verbringen.

Alle hören zu, keiner spricht. Olafs Mutter weint, wirkt aber entspannt. Mir wird klar, dass es gut und wichtig für sie ist, was ich erzähle, weil ich die Letzte bin, die ihren Sohn lebend gesprochen hat. Und jetzt ist er tot.

„Tot-tot-tohot", trällert Kayla wieder.

Ich muss lachen. Es ist wie ein Krampf, gemischt

mit Schluchzern, was mir schier die Brust zerreißt.
Lena umarmt noch einmal Olafs Mutter. Herr Hofmann steht am Fenster und schaut hinaus.
„Wir sahen Olafs großen Wohnwagen schon von weitem und kamen zufällig fast gleichzeitig mit der Polizei am Unfallort an“, berichtet er.
„Das war ein Schock“, flüstert Frau Hofmann, „als wir Olaf blutübertrömt auf der Straße liegen sahen. Aber wir durften nicht zu ihm.“
Sie wischt sich über die Augen.
„Von uns erfuhren sie auch, dass der Wohnwagen Olaf gehört und dass er von dir und zwei Kleinkindern begleitet wurde.“
„Wir hatten ja für euch alles vorbereitet, die Betten bezogen ...“
„Omi!“, mahnt Ella.
„Ich möchte mit nach Frankfurt fahren“, bitte ich und spüre, wie meine Hände zittern.
„Du kommst mit *uns*!“, befiehlt Timur.
„Ich habe deine Sachen aus dem Camper geholt und in Olafs Tasche gepackt. So hast du noch ein Andenken an ihn.“
Dankbar schaue ich Ella an.
„De mijne!“, verkündet Malik und drückt das Buch, aus dem Frau Hofmann vorgelesen hat, fest an sich.
„Nimm es mit!“, sagt sie leise.

*****

Die Zwillinge rutschen in den Kindersitzen umher, aber das ist nicht weiter tragisch. Trotzdem stopft Frau Hofmann zwei Kissen unter jeden Po und an den Rücken.

„Nicht nötig!", befindet Timur. „Das passt."

Aber Lena hat natürlich wieder etwas zu meckern und meint, sie könne die weite Strecke bis Chemnitz ohne passende Kindersitze nicht verantworten.

„Die Sitze sind für Sechs- bis Achtjährige, nicht für so kleine Mäuse."

„Meine Güte! Im Camper sprangen sie ohne Leine herum."

Obwohl mich Lena tadelnd anschaut, halte ich ihrem Blick stand und verdrehe die Augen. Immer diese überzogenen Vorschriften in Deutschland, an die sich jeder mit Vergnügen hält. Vorauseilender Gehorsam nennt man das.

„In Wetzlar gibt es mehrere Babyausstatter", weiß Ella.

Wetzlar ist nur etwas mehr als zehn Kilometer von Braunfels entfernt. Also fahren wir nach Wetzlar. Timur hält zuerst an einer Apotheke, um Schmerztabletten für mich zu kaufen, weil ich vor Schmerzen nicht weiß, wie ich sitzen soll. Dann fährt er weiter. Im Babyausstatter gibt es sauteure Kindersitze zwischen 130 und 700 Euro und eine eifrige Verkäuferin, die das teuerste Exemplar für das einzig Sichere anpreist. Doch nicht einmal Lena lässt sich zu solch einer Ausgabe überreden. Timur entdeckt ein ATU-Geschäft, wo ebenfalls Kindersitze angeboten werden und zwar erheblich günstiger als im Babyladen. Lena lässt sich umständlich beraten, während Timur einen Sitz für unter hundert Euro auswählt, einen zweiten greift und damit zur Kasse geht.

„Sei nicht so knausrig!", tadelt Lena. „Die Sicherheit der Kinder ist wichtiger als das Geld. Außerdem brauchen sie die Sitze nicht nur heute."

Glaubt sie etwa, dass wir bei ihr einziehen? Ich werde ganz sicher nicht in Deutschland bleiben. Zumindest nicht auf Dauer. Weihnachten und Silvester lasse ich mit mir reden, danach lebe ich wieder mein eigenes Leben. Noch weiß ich nicht, wohin ich gehen kann ohne Geld und ohne Auto. Doch das wird sich finden. Ohne die Zwillinge wäre alles leichter. Ich könnte mich für den Anfang einer Gruppe anschließen und in einer WG wohnen. Von Hausbesetzern habe ich allerdings die Nase voll.

„Darf ich vorn sitzen? Mein Rücken …"

Lena packt die beiden Kissen von Frau Hofmann in meinen Rücken und Timur holt eine Decke aus dem Gepäckraum, die er um mich herum stopft. Nun sitzt Lena hinten bei den Zwillingen. Doch sie muss sich nicht um sie kümmern, weil beide sofort einschlafen und erst kurz vor Chemnitz wieder wach werden. Lena schläft nicht. Völlig verkrampft muss sie immer alles im Auge und unter Kontrolle behalten. Sie ruft Nazira an und erzählt lang und breit vom Überfall und meinen Verletzungen und dass mein Begleiter zu Tode geprügelt wurde.

„Kannst du die Jungs noch eine Nacht behalten?", höre ich und seufze erleichtert.

An die Jungs hatte ich gar nicht mehr gedacht. Das wird ein fürchterliches Chaos geben, wenn sie über mich herfallen und Jona mir auf die Nerven geht. Und doch bin ich mehr als nur erleichtert, dass mich meine Eltern abholen. Ich bin so dankbar, dass ich heulen könnte, denn nun weiß ich, dass alles gut wird.

*****

Daheim laufe ich langsam hin und her, obwohl ich vor Schmerzen weder stehen noch sitzen oder laufen kann. Jeder Knochen in mir fühlt sich steif an. Ohne mich zu fragen, packt Lena meinen Rucksack und Olafs Tasche aus. Sie stopft alles in ihre Waschmaschine.

Meinen Protest überhört sie einfach und verkündet: „Wir gehen jetzt Betten für die Kinder kaufen, Kleidung und Spielzeug."

„Spinnst du? Die Zwillinge können die paar Tage bei mir im Bett liegen oder auf dem Teppich. Klamotten haben die mehr als genug."

Lena schüttelt energisch den Kopf und mir wird klar, dass sie alles besser weiß, weil ich ihr Kind bin und immer ihr Kind bleiben werde. Genervt verdrehe ich die Augen

„Du musst nicht mitkommen", lenkt Lena ein. „Leg dich in dein Bett, am besten mit einem Kissen im Rücken und versuche zu schlafen!"

„Schlafen?"

„Der Arzt sagte, du sollst dich schonen."

Malik schubst Kayla gegen den Tisch und sie fängt sofort an zu schreien.

„Die Kinder nehmen wir mit. Vorher rufe ich Timurs Eltern an, damit sie wissen, dass wir gut daheim angekommen sind. Die Jungs sind bei ihnen und freuen sich schon auf dich und die Zwillinge."

Das heißt, ich habe jetzt mindestens zwei Stunden Ruhe vor all dem Trubel, der mir jetzt schon auf die Nerven geht.

„Komm hier erst einmal zur Ruhe! Dann sehen wir weiter. Ich habe bis zum vierten Januar Urlaub und kann dir bis dahin vieles abnehmen."

Ich sinke in mein Bett und fühle mich sofort wie damals, als ich Kind war. Nichts hat sich verändert, Lena hat alles so gelassen, wie es war: mein Bett, der Schrank und der Schreibtisch, sogar die Poster hängen noch. Sofort schlafe ich ein und denke noch, dass mir hier nichts passieren kann.

Es dauert nicht lange und Timur schleppt Kisten in mein Zimmer.

„Das sind die Betten. Ich baue sie gleich auf."

Genervt gehe ich in die Stube, wo Lena unzählige Beutel und Tüten auspackt. Alles Sachen für die

Kinder und zwei Pullover für mich.

„Habt ihr im Lotto gewonnen?"

Beim Wort Lottogewinn fällt mir Olaf ein. Es wäre so schön gewesen, mit ihm in den Süden zu reisen und vor all dem Familiengedöns sicher zu sein. Zur Ruhe kommen kann ich hier nicht. Die Zwillinge sind das kleinste Problem, aber meine Eltern nerven mit ihrer Fürsorge, die sie über mich stülpen wie ein viel zu schwerer Mantel.

Mir graut vor Jona. Ich hoffe, er wird sich nicht an mich klammern wollen. Nun, das werde ich ihm schon beibringen. Und mir graut vor dem Fest. Aber ich habe keine Wahl. Wo soll ich auch hin? Zu Mutti! Ich könnte wie früher zu Mutti flüchten.

„Ich werde Mutti besuchen", verkünde ich.

„Das ist eine gute Idee. Doch nicht heute. Sie ist seit letzter Woche im Pflegeheim."

„Ihr habt sie abgeschoben?", frage ich entsetzt.

Das ist wieder mal typisch! Die Alten werden einfach ins Heim gebracht und schon hat man seine Ruhe.

„Oma hatte einen schweren Schlaganfall und zwei Tage später noch einen. In ihrem hohen Alter erholt man sich nicht mehr davon."

„Ich kann mich um sie kümmern!"

„Natürlich", flüstert Lena. „Du wusstest nur leider nicht, dass sie Hilfe braucht."

Soll das ein Vorwurf sein? Das lasse ich mir nicht einreden.

Jona stürmt auf mich zu und springt mich mit voller Wucht an.

„Au!", schreie ich und stoße ihn weg.

Sofort fängt er an zu heulen. Lena umarmt ihn und erklärt, dass mein Rücken schlimm verletzt ist und ich deshalb große Schmerzen bei jeder Bewegung habe.

„Ich war gar nicht am Rücken!", verteidigt sich der Junge schluchzend. „Tut mir leid", stammelt er.

Das kann ja heiter werden. Immerhin sorgt Lena dafür, dass mich keiner der Kinder stört und ich mich jederzeit in mein Zimmer zurückziehen kann.

*****

Der 24. Dezember beginnt mit großer Aufregung. Lena hat alle vier Kinder nervös gemacht mit ihrem Gedöns. Alles muss genauso ablaufen wie in den Jahren zuvor. Überall steht der geschnitzte Prassel herum, den ich völlig überflüssig finde. Hier gehört das hin und dort jenes, verkündet sie aller Augenblicke und macht ein Riesengeschiss um den Kartoffelsalat, den es am Abend nach der Bescherung geben soll. Trotzdem steckt mich ihr Gejubel an und ich helfe beim Gemüseschneiden.

> „Engel, Bergmann, Räuchermann
> stehen schon bereit,
> denn jetzt fängt sie wieder an,
> die schöne Weihnachtszeit", (Marion Süß)

deklamiert Lena theatralisch.

Zum Mittag gibt es Linsensuppe. Die war so lecker, dass ich lieber einen zweiten Teller esse und auf die Hauptspeise verzichte. Kartoffelbrei mit Bratwurst und Sauerkraut, das ist mir zu viel. Die Zwillinge schaufeln, als hätten sie drei Wochen lang nichts gegessen. Zum Nachtisch gibt es Obstsalat. Schlag 15 Uhr schneidet Timur den Stollen an. Ich mag den nicht wegen der Rosinen.

Dann klopft es gegen die Tür. Max darf öffnen und kreischt, als stünde der heilige Geist vor der Tür. Dabei findet er nur einen großen Sack, den er in die Stube zerrt und den Inhalt einfach auf den Teppich kippt. Die zwei Großen packen ein Damespiel und Zauberwürfel aus und die zwei Kleinen je ein Malbuch und Buntstifte. Das finde ich recht altmodisch. Über Transformerfiguren oder Pistolen hätten sie sich viel mehr gefreut, dürfen sie aber nicht benutzen, weil es laut Lena Kriegsspielzeug ist. Sie behauptet, dass überall im Fernsehen und in Buchhandlungen für Krieg geworben wird. Ich glaube das nicht, denn das wäre mir aufgefallen.

„Na und? Jedes Kind spielt gern Krieg", argumentiere ich. „Spielzeugwaffen sind weniger schlimm als ihr Ruf."

„Das mag sein, doch nicht in unserer Wohnung."

Von mir gibt es keine Geschenke, weil ich kein Geld habe. Timur meint, das wäre nicht schlimm, weil ohnehin alles der Rubrecht im Sack verpackt hätte. Sogar für mich ist ein Paket dabei: zwei Pullis und eine Bluse. Wer trägt denn heute noch Blusen? Und dann die schrecklich bunten Farben! Die Bluse ist weiß mit grünen Blättern und rosa Blüten. Der eine langärmelige Pulli hat knallige Streifen in Rot, Blau, Gelb und Grün, der andere ist zwar einfarbig, doch leider rot. Furchtbar! Niemals werde ich diesen Mist tragen.

„Zieh doch gleich die hübsche Bluse über!", fordert Lena.

„Die ist mir zu bunt."

„Ich weiß, dass du nur schwarze Kleidung trägst. Doch Schwarz ist die Farbe der Trauer. Es erzeugt negative Gefühle und macht schwermütig."

„So ein Quatsch! Schwarz bedeutet Souveränität und Stilbewusstsein."

Lena schüttelt den Kopf und Timur lacht.

„De Blouse is prachtig", ruft Kayla aus. „Zet ze an!" (Die Bluse ist wunderschön. Ziehe sie an!)

„Ja! Anziehen!", mischen sich die Jungs ein.

Das fehlte noch! Niemals laufe ich kunterbunt wie ein Clown herum, auch nicht Lena oder gar den Kindern zuliebe.

Die Mahlzeiten empfinde ich als besonders schlimme Qual, weil mir das Gezeter den Appetit auf die Gänsekeule am nächsten Tag verdirbt. Ich soll sogar Rotkraut und Rosenkohl probieren. Wozu? Ich weiß, dass das nicht schmeckt. Max und Jona sitzen steif wie die Zinnsoldaten am Tisch und Lena meckert über die Zwillinge.

„Füße gehören nicht auf den Stuhl und die Ellenbogen nicht auf den Tisch. Kaut leise und nicht mit offenem Mund! Esst den Teller leer!"

Mit solch unsinnigen Vorschriften habe ich meine Kinder nie gequält und dulde sie auch hier nicht.

„Es sind *meine* Kinder. Die essen wann, wie viel und was sie mögen und dürfen machen, worauf sie Lust haben. Bekleckerte Kleidung kann man leicht waschen, Tisch und Boden wieder aufwischen."

„Das stimmt. Doch müssen schon kleine Kinder lernen, achtsam zu sein und nicht mit dem Essen zu aasen."

„Wozu? Es kommt nur darauf an, Spaß zu haben."

Lena und Timur schauen sich an, als sei ich nicht ganz richtig im Kopf. Dabei sind *sie* es, die vom wirklichen Leben keine Ahnung haben. Sie gehen jeden Tag zur gleichen Zeit aus dem Haus und kommen zur gleichen Zeit zurück, Samstag wird eingekauft und Sonntag gewandert. Die Jungs sind schon ganz versaut durch all die Gewohnheiten. Ein normales Kind geht einfach an den Schrank, wenn es Lust auf etwas Süßes hat oder beißt von einer Wurst ab, wenn es Hunger hat. Hier besteht der ganze Tag aus Lenas Vorschriften.

„Schau mich an, wenn ich mit dir rede! Antworte, wenn ich dich etwas frage!"

Mich wundert, dass Kayla und Malik nicht protestieren, sondern jeden Befehl freudig ausführen. Sie saugen Lenas Benimmregeln direkt begierig auf.

„Kinder brauchen eindeutige Grenzen, um sich zurechtzufinden.“

„Ich nenne es Drill und würde rebellieren.“

„Auch das Rebellieren ist gut, weil es den Charakter stärkt. Verwöhnt man ein Kind, beschränkt man seine Lernmöglichkeit.“

„Nein. Nur wenn es sich ohne Einschränkung ausprobieren kann, kann es sich frei entfalten.“

„Du irrst dich! Nur mit Struktur kannst du ein Kind fördern.“

„Ich habe keine Lust, mir dir zu diskutieren, weil mich deine altmodischen Ansichten nerven. Ich will auch nicht, dass du dich in meine Erziehung einmischst.“

„Dann solltest du deine Kinder auch erziehen und nicht einfach machen lassen, was und wie sie wollen. Erziehung ist Liebe.“

Es wird höchste Zeit, dass ich hier wegkomme.

Endlich sind die Feiertage vorüber, auch Lenas Urlaub. Die Jungs gehen wieder zur Schule und ich hocke mit den Zwillingen in der Bude. Zum Rausgehen ist es zu kalt und drinnen ist mir langweilig. Zwar habe ich einige Armbänder gefertigt, aber die Lust daran verloren, zumal Lena sagte:

„Deine Armbänder sind einzig schön. Doch ich fürchte, dass du davon nicht leben kannst.“

Leben nennt sie ihr traurige Dasein, wo der Alltag alles bestimmt. Ich muss hier raus! Und zwar so schnell wie möglich.

„Sag uns, was du vorhast!", bittet Lena.

„Wozu? Es ist allein *meine* Sache."

„Doch sie wird auch uns betreffen." Sie schaut mich mit ihrem sanften Mutterblick an, der mich jedes Mal aggressiv macht. „Was möchtest du gern?"

„Meine Ruhe!"

„Schön. Doch dafür hast du später im Alter noch viel Zeit."

„Meine Freiheit."

Manchmal gehe ich draußen spazieren, doch meist schließe ich mich in meinem Zimmer ein. Jona ist zu Max gezogen, weil in seinem Zimmer jetzt die Zwillinge schlafen. Die Kinder spielen zusammen, obwohl Kayla und Malik nur holländisch sprechen und die Großen eigentlich nichts mit ihnen anfangen können. Lena kümmert sich um alle vier und hält auch Jona zurück. Sie glaubt, ich trauere um Olaf, dabei kannte ich ihn gar nicht. Ich wollte nur mit ihm in den Süden, wo es schön warm ist.

Mutti habe ich besucht, doch sie sitzt in ihrem Rollstuhl und schaut mich nicht einmal an. Noch einmal tu ich mir das nicht an.

Mir geht es gar nicht gut. Die Schmerzen lassen zwar nach, doch ich fühle mich nicht wohl bei den Eltern und den vier Kindern. Jeder will etwas von mir, aber ich will nur meine Ruhe.

„Willst du nicht endlich eine Arbeit suchen?", blafft Timur.

„Willst du mich loswerden?"

„Zumindest solltest du dich im Jobcenter oder Sozialamt beraten lassen, ob du Anspruch auf finanzielle Unterstützung hast."

„Liege ich euch auf der Tasche?"

„Ja!", bellt Timur.

„Aber nein!", ruft Lena aus und strahlt mich an.

Mir geht ihr ewiges Verständnis auf die Nerven.

„Wie ich dich kenne, hast du nicht einmal Kindergeld beantragt", vermutet Timur.

Daran hatte ich überhaupt noch nicht gedacht.

Das Gemecker geht weiter. Ich soll die Sachen der Zwillinge wegräumen, Wäsche waschen, den Tisch abdecken und täglich saugen, weil ich daheim bin, während die Eltern arbeiten gehen. Alles hat seinen Platz und gehört nirgendwo anders hin. Lena schreibt Listen, was zu tun und was zu kaufen ist. Das hat sie schon früher getan. Ich habe diese Listen mit all ihren Aufgaben und ihren Haken für erledigt gehasst. Heute finde ich sie lächerlich, fast mitleiderregend. Das Bad soll ich täglich putzen. Wozu? Wenigstens das Einkaufen habe ich mir vom Hals gehalten. Es ist nicht mein Haushalt.

„Du musst jeden Tag für die Zwillinge kochen", verlangt Lena.

Ich muss gar nichts. Als ich noch hier lebte, sollte ich nur mein Zimmer in Ordnung halten, was ich nie tat, denn es war allein *mein* Zimmer und ging niemanden etwas an. In der Küche hatte ich keine Aufgaben. Heute macht mir das Kochen fast Spaß, weil der Kühlschrank immer proppenvoll ist. Lena zeigt mir, wie man aus Hackfleisch, Möhren und Paprika eine leckere Nudelsoße macht, die um Längen besser schmeckt als nur Ketchup. Ich kann jetzt sogar Pannekoeken backen, die hier Plinsen heißen und uns allen supergut schmecken. Allerdings erinnern sie mich an schöne holländisch lockere Zeiten. Dieser typisch deutsche Ordnungsfimmel geht mir tierisch auf den Zeiger.
Aber wo kann ich hin?

*****

Ich wollte mit Olaf nach Spanien. Leider spreche ich kein Spanisch, doch jeder versteht heutzutage überall auf der Welt Englisch. Ich suche sofort im Internet nach einer Fahrgemeinschaft, die mich für wenig Geld mit nach Malaga nimmt. Für mich allein ist das kein Problem, doch zwei Kleinkinder will keiner mitnehmen. Vielleicht sollte ich allein das Land verlassen, ohne die Zwillinge.
Bleibt noch Aruba. Dort stammt Jordan her, der Vater der Zwillinge. Laut Google ist es dort zur Zeit herrliche dreißig Grad warm und kühlt nachts auf

maximal sechsundzwanzig Grad ab. Ich weiß zwar nicht so genau, wie man dort lebt, aber das dürfte das kleinste Problem sein. Das wirkliche Problem besteht in den Flugkosten ab Frankfurt oder München. Außerdem empfiehlt die WHO eine unfassbare Menge an Impfungen: Typhus, Hepatitis, Tollwut, Kinderlähmung, Meningitis, Lungenentzündung, Windpocken, Gürtelrose, Tetanus, Diphtherie, Keuchhusten, Masern, Mumps und Röteln. Haben die noch alle? Was soll dieser ganze Spaß kosten? Verkraftet mein Körper solch einen Cocktail? Müssen etwa auch die Kinder geimpft sein? Nein, so geht das nicht. Mit den Eltern kann ich nicht darüber reden, weil sie mich nicht verstehen. Ich muss wie damals einfach verschwinden. Allein.

Es schneit. Auch das noch! Ich hasse Schnee. Die Zwillinge sind ganz außer sich vor Freude und wollen unbedingt nach draußen. Übermütig lassen sie sich in den Schnee fallen und schlittern hin und her. Malik scharrt mit den Stiefeln und schaufelt die Flocken an meine Hose. Ich zeige ihm, wie man Schneebälle macht und habe plötzlich selbst Spaß an der Schneeballschlacht. Wir stapfen Muster und Spuren in die weiße Schicht und kichern, weil wir alle drei knallrote Wangen haben.
„Schuhe ausziehen!", befiehlt Kayla auf Deutsch, bevor wir wieder in die Wohnung gehen.
Zuerst wollte ich mich darüber ärgern, doch es ist

eigentlich ganz wunderbar, wie schnell sich die Kinder an die neue Situation gewöhnen. Sie lieben ihre Großeltern und befolgen mit Eifer jede Regel und empfinden sie seltsamerweise nicht als Einschränkung. Beide wirken direkt glücklich.

Schluss

Wir sind draußen auf dem Spielplatz. Ich schaue zu, wie sich Malik in den Schnee wirft und Kayla mit einem kleinen Mädchen diskutiert. Mich amüsiert ihr Kauderwelsch aus Deutsch, Holländisch und selbst erfundenen Worten.
Plötzlich kreischt Kayla auf, lässt das Mädchen stehen und läuft davon. Hat sie sich weh getan? Besorgt schaue ich ihr nach und sehe, wie sie sich einem fremden Mann in die Arme wirft. Auch Malik stürzt herbei und klammert sich an die Hosenbeine des Mannes. Der hält Kayla hoch und küsst sie.
„He!", schreie ich. „Was …"
Erst jetzt erkenne ich Finn.
„Wie kommst du hierher? Ich meine …"
Finn schaut mich ernst an, doch mit seinen Augen lacht er.
„Ich habe gehofft, dich hier zu finden. Den Namen Omarov gibt es nicht allzu häufig in Chemnitz."
Durch meinen Körper strömt etwas ganz Warmes. Es brennt in den Augen und auf den Wangen, zieht

durch meine Brust, verbreitet sich in den Armen und Beinen bis hinunter zu den Füßen.

„Finn", hauche ich.

„Ich habe euch vermisst. Du weißt, dass ich dich liebe und dir überall hin folge."

Seltsamerweise finde ich heute seine Worte nicht albern, sondern passend. Trotzdem will ich nicht, dass er merkt, wie gerührt ich bin. Jetzt, da Finn vor mir steht, bereue ich mit einem Mal alles, was ich ihm Böses gesagt und getan habe. Wie ist das möglich, dass mich ein einfacher Satz, den ich schon tausendmal von Finn gehört habe, plötzlich so aus der Bahn wirft? Das ist mir peinlich und ich verstecke meine Glücksgefühle hinter den Kindern. Malik will Finn den Spielplatz zeigen und Kayla weint vor Freude, was auch mir die Tränen in die Augen treibt. Werde ich jetzt sentimental?

„Ich wohne bei meinen Eltern", stammle ich.

„Darf ich sie kennenlernen?"

Ich wollte immer frei sein. Frei von sämtlichen Einschränkungen, die mir meine Eltern, das Studium, die Kinder, die Wohngruppe, das Geldverdienen abverlangen. Ich wollte weg aus Chemnitz, aus Darmstadt, vom Bauernhof, aus Amsterdam. Nun bin ich wieder in Chemnitz und begreife:

Die Freiheit, die ich suche, liegt nicht an einem Ort, sondern in mir selbst.

Der Mensch bereist die Welt
auf der Suche nach dem, was ihm fehlt.
Und er kehrt nach Hause zurück,
um es zu finden.

George Moore

„Wer bin ich?" ist ein weiterer Roman der Autorin Petra Weise.

Klappentext:
Ich bin verloren! Laut Ausweis ist mein Name Elvira und ich bin 26 Jahre alt, aber ich erinnere mich nicht. Alles ist ausgelöscht. Ich erkenne meine Familie nicht, meine Freunde sind mir unsympathisch und meine Arbeit in der Kanzlei zuwider. Meine Oma rät, in einer fremden Stadt ein ganz neues Leben zu beginnen. Was soll ich tun?

Petra Weise wurde 1954 in Freiberg/Sachsen geboren und lebt nach zahlreichen Wohnungswechseln durch Hessen und Bayern seit 1993 wieder in ihrer Heimat Sachsen.

Sie liebt das Erzgebirge mit all seinen Traditionen. Wenn sie nicht schreibt oder liest, malt sie, spielt Klavier oder wandert durch den Wald.

www.autorinpetraweise.de